# La Montaña del Infierno

*Para Arancha Suso, ella ya sabe por qué*

Editorial Bambú es un sello
de Editorial Casals, SA

© 2021, Marisol Ortiz de Zárate, por el texto
© 2021, Marina Suárez, por las ilustraciones
© 2021, Editorial Casals, SA
Tel.: 902 107 007
editorialbambu.com
bambulector.com

Ilustración de cubierta: Mercè López
Diseño de la colección: Estudi Miquel Puig

Primera edición: febrero de 2021
ISBN: 978-84-8343-758-2
Depósito legal: B-310-2021
*Printed in Spain*
Impreso en Anzos, SL
Fuenlabrada (Madrid)

# La Montaña del Infierno

## Marisol Ortiz de Zárate

Ilustraciones
**Marina Suárez**

**bam bú**

EDITORIAL

Una vez hice un viaje con mi hermana Marimbo a Tenerife. Marimbo había ganado el campeonato de ajedrez de su universidad y la gran final se disputaba en La Laguna. Era la excusa perfecta para conocer la isla. Si ganaba, le darían una copa. Como no quería ir sola, yo pensaba que se llevaría a Mayi, que es su mejor amiga. O a Iñaki, que creo que le gusta. Pero me llevó a mí, aunque diga que soy una enana y que me tiene que cuidar, porque sabía que en mi maleta no faltaría el cuaderno donde escribo todo lo que nos pasa cuando viajamos. Ella lo llama *Diario de ruta*, y dice que no hay un solo aventurero en la Tierra que no lo lleve siempre encima. Pero en este viaje no viviríamos aventuras trepidantes de esas que ponen los pelos de punta y le hacen a uno rezar las oraciones que recuerda, porque Marimbo tenía que estar muy relajada para el torneo y dijo que por una vez íbamos a ser turistas en lugar de viajeras. Y yo, que confío tanto en ella, pues me lo creí. Como de mayor quiero ser escritora, decidí que podía practicar con el diario y escribirlo como si fuera una novela, porque Marimbo me dijo un día que un escritor no se hace así como así, de la noche a la mañana. Lo tenía todo pensado, sería una novela con capítulos muy cortos y llena de diálogos. Marimbo prometió ayudarme, sobre todo con las ilustraciones, que para eso estudia Bellas Artes. Y como parecía que el viaje iba a ser tranquilo y con pocas cosas que contar, no me cansaría demasiado. Pero estaba equivocada, porque el cuaderno se quedó pequeño y tuve que comprar otro más grande.

# DOS DÍAS ANTES DEL CAMPEONATO, MIÉRCOLES

**Por la noche** Marimbo tuvo un sueño. En él había un anciano que tenía una cicatriz en la cara. Se acordaba perfectamente de la forma de esa marca: una media luna junto a la boca, como si se le alargara la sonrisa.

—Creo que soñar con cicatrices no significa nada bueno, en algún sitio lo he leído —dijo mi hermana.

Me pareció que estaba preocupada o asustada, y eso en ella es bastante raro.

—¿Te pasa algo? —le pregunté.

Estábamos desayunando en el comedor de la residencia de estudiantes donde nos habían alojado: café con leche, zumo de tetrabrik, galletas y tostadas. Marimbo bajó la voz.

—Fíjate en mis contrincantes. Todos con sus portátiles y sus tabletas última generación, ensayando sin descanso jugadas online. ¡Esto es la jungla, Enana!

Los miré con disimulo a través de mis aborrecidas gafas, que intento esconder bajo un flequillo demasiado largo. Parecían figuras del ajedrez: el de allá, que vestía americana oscura, la torre; la chica de enfrente, que tenía muchas curvas, el alfil; el alto de gafas, el rey. Ellos también nos miraban de reojo, nos estudiaban. Bueno, más bien a Marimbo, que no tenía portátil ni tableta para practicar, solo un tablero de plástico plegable con fichas del tamaño de una uña.

–Piezas, Enana, no fichas. ¡Piezas! Que esto no es el parchís –me corrigió Marimbo nada más oírme esa palabra.

La verdad es que mi hermana destacaba un poco con su ropa original, comprada en tiendas de segunda mano, los pendientes desiguales y el pelo recogido a lo loco, como una madeja de lana revuelta.

–Si ganaste a tus compañeros de la uni, pues lo mismo les puedes ganar a ellos –dije yo para animarla.

Y ella se calló, como cuando se guarda un secreto.

Aquella mañana el plan era pasear por

el casco histórico de La Laguna. Marimbo había leído que era Patrimonio de la Humanidad, y yo pregunté qué quería decir eso.

–Significa que pertenece a una lista de lugares del mundo muy bonitos, especiales. Hay bosques, montañas, desiertos y ciudades, entre muchos otros parajes. Son sitios protegidos y ay de quien se atreva a maltratarlos.

Después iríamos a la playa. Como está un poco lejos, cogeríamos el autobús.

–La guagua –me corrigió Marimbo–, aquí al autobús lo llaman guagua.

Yo estaba superemocionada. Si algo no quería perderme de esa isla, era la playa. Bueno, eso y el Teide, la montaña más alta de España. Y por la tarde, antes de cenar, iríamos a conocer el lugar donde se libraría la batalla a muerte por la copa, o sea, la universidad.

¿Qué pasó luego? Ah, sí, que mientras paseábamos vimos una librería que nos llamó la atención. Nos encantan las librerías, casi siempre entramos. Marimbo fue derecha a la estantería de los libros de ajedrez. Dijo que a lo mejor encontraba algún ejemplar raro con jugadas increíbles que la ayudarían a dejar KO a todos sus rivales en un abrir y cerrar de ojos. Los que encontró eran de varios niveles, desde el básico hasta el *genius* pasando por el avanzado y el experto. Mientras Marimbo los ojeaba, yo fui a la sección juvenil, mi preferida. La verdad es que las había visto mejores. Aparte de los típicos libros ilustrados para niños muy pequeños, solo encontré libros juego, libros puzle, libros electrónicos, digitales, con sonidos, con olores, algún cómic, libros interactivos... pero no había para hacer con ellos lo que suele hacerse con un libro: leer. Entonces pregunté a un dependiente si eso era todo lo que tenían.

–¿Qué buscas exactamente? –dijo sin levantar la cabeza de lo que estaba haciendo: un sudoku en el móvil.

Me quedé callada. ¿Qué buscaba? Pues a Dorothy y a *Totó*. A Pinocho y a Polichinela y a Wendy y a Peter Pan y a Pippi Calzaslargas y a Shao Li y a Pedro Melenas y al señor y la señora Cretino y a Jim Botón y a todos los amigos con los que había vivido inolvidables aventuras desde que tuve edad para leer sola. Pero respondí tan solo:

–No sé... Algún libro de cuentos clásicos... O modernos.

Ahora sí que me miró, y su cara era de lo más desagradable.

–¿Cuentos? Pero ¿en qué mundo vives, jovencita? No estamos en tiempos de cuentos. La vida ha cambiado. A nadie le interesa ya que una princesa duerma cien años o que a una niña se la coma el lobo.

La respuesta me cayó como una ducha fría en pleno invierno. No podía entender que un librero, precisamente, dijera eso. Y, además, no me lo creía. Era imposible que las historias que habían cautivado a tantos niños, ahora, de pronto, dejaran de interesar.

Y en esas estaba cuando vi que un anciano se me acercaba y movía los dedos para llamar mi atención. Al verle, el dependiente le empezó a gritar, y si su cara era desagradable, no te digo nada de su voz.

–¡Eh, tú! ¡Cómo tengo que decírtelo! ¡Largo de aquí! ¡Fuera! ¡A la calle! –Y le apuntaba con la mano en forma de pistola.

Si no llega a aparecer otro dependiente un poco más amable, juro que salto y le digo algo. Pero este le pasó el brazo por los hombros y le acompañó hasta la puerta.

–Venga, Eladio, vamos, no molestes a la gente.

Y el anciano llamado Eladio salió obediente, o resignado, de la librería.

–Ese hombre, ese hombre... –me dijo Marimbo en voz baja poniéndose a mi lado–. Es como el anciano de mi sueño. ¿Le has visto la cicatriz de la cara?

No, no la había visto. O no me había fijado. Pero de lo que sí me había percatado es del libro de ajedrez que la supercampeona de la universidad había comprado para perfeccionar jugadas. ¡Y era de nivel básico!

–¿Y esto? –dije, señalándolo.

–¡Bah! No importa lo que sabes, sino cómo lo utilizas. La jugada más sencilla es a veces la más eficaz, la que da jaque mate. Anda, vamos fuera. Tengo una premonición: algo va a pasar con ese anciano, es el de mi sueño y no quiero que se nos escape.

# ELADIO

**No se nos escapó.** Se había sentado en el banco de la acera de enfrente y en cuanto nos vio nos llamó levantando su bastón bien alto, un bastón muy largo que tenía una bola en uno de los extremos.

De cerca Eladio era bajito, arrugado, encorvado. No tenía barba, solo un poco de cabello muy blanco en la parte de atrás de la cabeza, y aunque vestía como cualquier abuelo del mundo, en los pies llevaba unas deportivas color lima de la marca Nike que relucían más que su calva, y en el cuello, un colgante de madera que era más o menos así:

–Las esperaba, muchachas –fue lo primero que dijo.

–¿A nosotras?

–A ustedes –contestó con el acento típico de los canarios, que cambian «vosotros» por «ustedes»–. He visto que les gusta leer.

–Anda, claro. Y mucho.

–Pues eso es lo que necesito. No me valdría otra cosa, porque han de saber que el librero tenía, además de mal genio, razón. Cada vez interesa menos la lectura, las leyendas antiguas y los cuentos. Como no cambien las cosas, tienen los días contados.

–¿A qué se refiere?

Eladio hizo un gesto para que nos acercáramos. Movía la boca todo el rato, como si se pasara de un lado a otro el hueso de una aceituna. Pero allí dentro no había nada, ni siquiera dientes, solo la cicatriz en la cara, como una simpática sonrisa.

–Hay un terrible complot –dijo mirando a derecha e izquierda como quien busca espías–. Alguien está secuestrando los libros para muchachos y haciéndolos desaparecer.

–¡No puede ser! –exclamé yo, recordando la librería vacía de libros juveniles–. ¡Eso sería horroroso!

–¡Chisss, m'hija, baja la voz! –Volvió a mirar a todos lados–. Y si desaparecen los libros, con ellos se irá poco a poco el interés por la lectura, que, desgraciadamente, cada vez es menor. Y una vez que se esfume del todo, los libros no tendrán razón de ser y se extinguirán por considerarse objetos inútiles. ¿No es una catástrofe? Hace meses que espío las librerías, por eso algunos libreros me odian, por entrometido. Quieren ocultar al mundo que ellos también forman parte del complot.

–¿En serio? Y si no hay libros, ¿de qué van a vivir?

–De esos cacharros diabólicos que atontan los cerebros con imágenes a mil por hora –dijo Eladio poniendo una cara de disgusto. Se refería a los videojuegos, consolas y eso.

–Pero ¿a quién hacen daño los libros? –pregunté yo–. Pueden existir junto a los videojuegos, y que cada cual elija lo que prefiera.

–Eso –dijo Marimbo–. ¿Qué finalidad tendría ese complot?

–Es lo que me gustaría averiguar. Alguien debe de tener un buen motivo para acabar con los libros, un motivo oscuro. Y quiero descubrirlo. Pero no me siento con fuerzas para emprender esa tarea en solitario, ya ven que soy muy viejo.

Si quería darnos pena para que le escucháramos, lo acababa de conseguir.

–No diga eso, buen hombre. –Marimbo se sentó a su lado–. Parece sano y vigoroso. ¿Cuántos años tiene?

Eladio se quedó suspenso.

–¿Noventa? No, creo que más. En la guerra ya era un muchacho más alto que este bastón.

–¿En qué guerra? ¿En la civil? –dijo Marimbo.

–¡Qué civil ni qué civil! ¡En la de la Conquista! Mis piernas han recorrido muchos campos de combate y mis brazos han blandido muchas armas. Defendí mi tierra con uñas y dientes. Algunas veces me hirieron, mirad mis cicatrices, pero logré salir con vida. Al final los invasores castellanos nos vencieron. Aquí precisamente, en Aguere, murió mi venerado Rey Grande.

–¿Aguere?

–Aguere, sí. Ese es el nombre de este lugar, por mucho que ahora lo llamen La Laguna.

Marimbo y yo nos miramos y entendimos: la cabeza de Eladio era un revoltijo de ideas, una olla a presión con todos los ingredientes mezclados. Seguramente había sido soldado de joven y por eso se confundía de guerra. O estaba, como don Quijote, trastornado por leer tantas novelas. Se creía un guanche, que es como se llamaban los aborígenes de Tenerife antes de que los españoles llegaran a la isla hace más de quinientos años. La conquista de las Canarias duró casi un siglo. La empezaron unos nobles franceses en Lanzarote y la terminaron los Reyes Católicos, en Tenerife. Todo eso nos lo contaba Eladio, y nosotras le dejábamos hablar a pesar de que a ese paso nos quedaríamos sin playa porque nos parecía interesante esa historia que no conocíamos, y porque mamá siempre dice que escuchar a los ancianos que están solos es una obra de caridad. Luego Eladio comentó que se le hacía tarde, que le esperaban para comer, y Marimbo y yo decidimos acompañarle a su casa.

Se puso muy contento. A pesar de lo encorvado que se le veía, andaba muy de prisa, y su bastón hacía tap tap al golpear contra el suelo. Pero a veces también toc toc y otras put put, según el material que topase. Hasta que se paró delante de una casona inmensa que tenía un jardín en la parte de delante. ¡Hala! ¿Acaso era rico? Al acercarnos a la puerta vimos el letrero:

CAMINO DE SAN DIEGO

HOGAR DE ANCIANOS

Antes de cruzar la verja se volvió hacia nosotras.

–Los cuentos existen para ser contados. Un cuento que no se cuenta, que no se escribe, que no se lee, se muere, se olvida, desaparece. Los libros están para vivir, no para morir.

Entonces sonó una sirena como la del cole, pero Eladio, aunque ya había cruzado la verja, no terminaba de irse.

–Hay algo que deben saber. Achamán me ha mandado una señal: son ustedes las elegidas para luchar a mi lado en esta guerra. No tengan miedo, ¿ven este bastón? Es la añepa[1]* de un valeroso mencey*, y nos protegerá de los peligros. Pero hay que darse prisa, cada vez hay menos libros y yo soy cada vez más viejo. El tiempo se acaba, muchachas. Mañana las espero en el mismo banco que hoy, a la misma hora.

Entonces una cuidadora se acercó y cerró la puerta de la verja. Así que Eladio no tuvo más remedio que marcharse.

–Las elegidas, no lo olviden –dijo desde la distancia.

Y nosotras nos quedamos ahí fuera, intrigadas y pasmadas.

---

1. Encontrarás el significado de las palabras guanches marcadas con un asterisco (*) en el anexo final.

# CAMBIO DE PLANES

—**¿Quién diablos será** ese Achamán? —dijo Marimbo—. Bueno, sea quien sea, menuda faena nos ha hecho. Podría haber elegido a otras.

—Entonces ¿mañana volveremos a ver a Eladio? —pregunté.

—¿Tú qué crees? Si hay un misterio, yo no me lo pierdo.

Volví a acordarme de la playa. ¿Llegaríamos a pisarla? Y aunque a mí también me gustan bastante los misterios, pensé que Marimbo era un poco ilusa por creerse las palabras de un anciano con la memoria averiada. Entonces le recordé la promesa de estar relajada y concentrada para la gran final, porque lo que yo más quería en el mundo era que ganara la copa. Entonces ella, sin contestarme siquiera, sacó el tablero y las piezas de la mochila y allí mismo, sentadas en el suelo sobre unos importantes adoquines Patrimonio de la Humanidad, las colocó una a una en sus casillas correspondientes.

–Mira, Enana, el juego del ajedrez es el juego de la vida. Cada movimiento es una decisión que hay que tomar, como sucede normalmente. Y según vaya la partida se hace una cosa u otra. Debería enseñarte a jugar, que es como enseñarte a vivir. Primera lección: los peones: fíjate, son los más pequeños, los más débiles, pero también los más numerosos. En la vida real, la mayoría somos peones. Tienen un movimiento muy limitado, pero pueden atacar y comerse a otras piezas. Y si son listos y consiguen llegar al otro extremo del tablero, se convierten en reina, la pieza más poderosa de todas.

–¿Más que el rey? –pregunté yo, que ya estaba casi más interesada en la lección de ajedrez que en la playa.

LA HUMANIDAD

–Por supuesto. La vida del rey vale más, pero la reina es mucho más poderosa. Bueno, dejamos para otro día la lección número dos. –Guardó las piezas y el tablero–. Creo que en la residencia de estudiantes ya no quedarán ni las sobras de la comida, así que te invito a una de papas con mojo en el guachinche* de la Terele.

–¿Lo conoces?

–No. Pero seguro que hay algún guachinche por aquí cerca. Y me apuesto las orejas a que se llama Terele. O Corralito, que es casi lo mismo –dijo mi hermana ante la información de Google que había buscado a la velocidad del rayo.

Sí, así era Marimbo. Yo la admiraba. No tenía ninguna duda de quién sería la indiscutible ganadora de la gran final.


Después de comer, de camino hacia la universidad entramos en otras dos librerías. Tampoco había libros juveniles, solo llamativos ejemplares casi sin texto, más para ver o jugar que para leer.

–Cada vez estoy más convencida de que Eladio está en lo cierto con lo del complot –dijo Marimbo.

–Sí, no hay más que verlo –asentí yo.

Mi hermana achicó los ojos.

–Me estoy acordando de una novela muy buena que leí hace tiempo: *Fahrenheit 451*. Trata de que el Gobierno de un Estados Unidos futuro prohíbe los libros y obliga a quemar los que aparecen escondidos.

Como no hay libros, la gente se entretiene de las maneras más estúpidas que te imagines, viendo telebasura o informativos en los que se engaña al espectador con las mentiras que le interesan a los altos mandos.

–No lo compares con esto. Me hablas de una novela, ciencia ficción nada más.

–No te creas. No sería la primera vez que los libros molestan a los que están en el poder. Muchos dictadores han hecho quemar montañas de libros que les perjudicaban.

–¿Cómo puede perjudicar un libro a nadie? Si siempre tienen algo bueno.

–El problema es que hacen pensar a quien los lee, y una persona que piensa es una persona que decide, que opina y que se rebela contra las injusticias. Es más cómodo y más fácil gobernar y manipular a gente que no piensa.

—¿Entonces el complot es porque alguien quiere que los niños no pensemos?

—No lo sé, eso es algo que habrá que averiguar. De momento, mañana tú y yo no faltamos a la cita con Eladio.

# UN DÍA ANTES DEL CAMPEONATO, JUEVES

**Pero al día siguiente** Eladio no estaba en el banco. Nos sentamos a esperarle apoyadas en el respaldo, de cara a la librería. El escaparate juvenil no podía ser más atractivo, pero libros normales, con texto, no había ni uno, y la existencia del complot cobraba fuerza por momentos. Pasaban los minutos y Eladio no venía, así que después de haber perdido la mañana, perdimos también la paciencia.

–Podría decirse que hoy nos hemos levantado con el pie izquierdo –dijo Marimbo desanimada.

La verdad es que el día había empezado fatal. Desde la mañana todo estaba resultando un asco: que si el ataque nocturno de millones de mosquitos, que si la cola kilométrica para usar las duchas, cosas así. Y luego, durante el desayuno, vivimos nuestro «momento acoso», y eso fue lo peor de todo. Sucedió en el comedor de la residencia de estudiantes. Marimbo y yo habíamos cargado las bandejas con toda la comida permitida y, esquivando a la gente, buscábamos una mesa donde sentarnos. Lo que más nos gusta es el zumo de naranja y, como no se podía repetir, llenamos nuestros vasos hasta el borde. De pronto alguien, al pasar, empujó a Marimbo. Marimbo, de rebote, tropezó contra mí, y nuestros zumos se derramaron sobre las tostadas. El mío, además, sobre mi camiseta.

–Uy, perdón, lo siento –dijo un chico con una voz que sonó de lo más falsa.

Luego miró al que estaba a su lado guiñándole un ojo, que yo lo vi, y ese, entonces, soltó su frasecita envenenada:

–¡Pedroso, por Dios, ten más cuidado, que acabas de molestar a una *artista*!

Reconocimos a dos rivales del torneo con los que Marimbo tendría que verse las caras. El tal Pedroso era rubio y pequeñajo como un peón blanco, y tenía la barriga gorda y la nariz aplastada como un boxeador. El otro era larguirucho y renegrido, como una reina negra, y el pelo, abultado por arriba y rapado en los costados, parecía el casco de un ciclista. En sus tarjetas de identidad ponía **Derecho** donde en la de Marimbo decía **Bellas Artes**.

–Qué despiste –contestó Peón Blanco–. Y eso que ahí lo pone bien claro: «Feas Artes». –Y empezaron a reírse enseñando más las encías que los dientes.

–¡Abogados! –refunfuñó Marimbo en voz baja–. ¿Y estos son los que defenderán la justicia en el futuro?

Pensé que la rivalidad entre participantes iba más allá del ajedrez: era, además, una competición entre carreras, entre distintas maneras de pensar. Como conozco bien a mi hermana, ya la estaba viendo arrugar las cejas, ponerse muy tiesa y, cruzando los brazos, plantarse ante ellos, buena es ella, pero no hizo nada de eso. Por el contrario, nos sentamos a una mesa lo más alejada posible de ellos y se puso a comer lo poco que pudo salvar del desayuno. Yo no daba crédito.

–Pero ¿es que no vas a hacer nada?

–Sí. Desayunar. Y tú deberías hacer lo mismo.

–Te han empujado aposta y se han reído de ti.

–Es probable –dijo con la boca llena.

–Pero eso es acoso. No deberías consentirlo.

–¿Y qué propones que haga? ¿Que me enfrente a ellos? No tenemos testigos, sería nuestra palabra contra la suya. Y estudian Derecho, Enana, serán abogados. A esos les enseñan a discutir desde el minuto uno de la carrera. Y sobre todo les enseñan a ganar las discusiones. En el ajedrez, cuando una pieza valiosa está en peligro, ¿sabes qué hace? Se esfuma, retrocede. Venga, si te vas a cambiar de camiseta ya estás tardando.

No me convenció, no era esa una reacción típica de Marimbo. Volvía a tener la sensación de que estaba asustada o preocupada por algo, pero también de que me ocultaba un secreto inconfesable, y habría dado mi paga de un mes por conocerlo.

–Tú ganarás la gran final –le dije mirando vengativa a los rivales–. A ver qué cara ponen entonces.

Y volvemos al momento del plantón de Eladio. Jo, estábamos más que hartas de malos rollos, así que decidimos ir al hogar de ancianos y preguntar por él, a ver si estaba enfermo o sin permiso para salir o si se había olvidado de la cita.

Una vez allí entramos al jardín, que era precioso y estaba lleno de flores y de bancos y de ancianos sentados en los bancos y de enanitos de piedra. Yo buscaba a Eladio con la vista, sus inconfundibles deportivas Nike, y un timbre de bicicleta a mis espaldas me hizo volver la cabeza.

–¡Aparta, niña! –oí.

¡Fiuuu! Una silla de ruedas pasó a toda mecha. Casi me da. Luego pasó otra, después otras dos. Estábamos ante una carrera de sillas de ruedas, de sillas de ruedas eléctricas, se entiende, y como el casco les tapaba a los participantes la mitad de la cabeza, tuve que fijarme bien. Pero no, ninguno era Eladio, le habría reconocido de lejos.

—Por lo que parece esto es la versión 3.0 de los asilos —dijo Marimbo toda motivada aplaudiendo y silbando con los dedos en la boca.

Vale, pero ¿dónde estaba Eladio?

Nos acercamos al cuidador que controlaba la carrera y le contamos en dos o tres palabras lo de la cita.

—¿No le habrá pasado algo grave...? —dijo Marimbo.

—Bueno, no creo que una escapadita a Santa Cruz con este espléndido tiempo pueda ser considerado grave —nos respondió—. Han venido a buscarle dos chicos a eso de las diez de la mañana y se ha ido con ellos. Estará fuera un par de días.

—¡Dos días! —exclamamos.

—Eladio es autónomo y puede entrar y salir a su antojo. Siempre que lo comunique y que respete los horarios establecidos, por supuesto —añadió.

Luego nos preguntó si pertenecíamos a una de esas oenegés o asociaciones que hacen compañía a los ancianos que están solos, y Marimbo, después de pensarlo un momento, contestó:

—Algo así.

–En ese caso, vamos dentro. Eladio ha dejado un sobre para dos chicas guapas, y seguro que son ustedes –dijo el cuidador sonriendo a Marimbo–. Supondría que acabarían viniendo aquí.

–Pues supuso bien –dijo mi hermana sonriéndole de igual modo.

El cuidador, además de ligón, era joven y muy guapo, y todas esas cualidades contrastaban con la pila de arrugas y cuerpos torcidos que nos rodeaban. Se llamaba Sonic, o eso ponía en la placa de su uniforme.

–¿Quién ha venido a buscarle? ¿Sus nietos? –le pregunté yo.

–Que yo sepa, Eladio no tiene familia. ¿No se lo ha contado? Básicamente su vida ha sido la investigación. Creo que lo llevan a un congreso a dar una conferencia.

–¡Toma! ¿Un congreso de qué?

–Pues… supongo que de lo suyo. Eladio se ha dedicado a estudiar la cultura indígena de las islas y, en mi opinión, todavía está en condiciones de compartir lo que sabe –dijo Sonic entregándonos un sobre reciclado de propaganda electoral.

En cuanto nos dejó solas, nos faltó tiempo para abrirlo y sacar lo que había dentro. Se trataba de una hoja de papel escrita con letra antigua y elegante. Así:

Primera leyenda guanche

De por qué Echeide (o Teide) es uno de los volcanes más peligrosos del mundo

Marimbo y yo nos miramos sin soltar el papel, que sujetábamos a cuatro manos. ¡Una leyenda! ¡Y del Teide nada menos! Y si ponía «primera», eso solo podía significar que habría más, una segunda, a lo mejor una tercera, y una cuarta, que nosotras iríamos coleccionando hasta formar un manuscrito bien nutrido de leyendas guanches. Estábamos ansiosas por leerla.

En el principio de los tiempos solo existía Achamán, el grande, el dios supremo, el creador de todas las cosas y de todas las criaturas vivientes.

–Vaya, mira por dónde ya sabemos quién es Achamán –dijo Marimbo.

–Calla, no interrumpas –le pedí yo.

Entre esas criaturas estaban los atlantes, una estirpe de gigantes que sobrevivió al gran hundimiento de la Atlántida, aquel mítico continente del que hoy solo emergen nuestras siete Islas Canarias.

El entretenimiento favorito de los atlantes era construir valles y montañas. Para ello apilaban la tierra en cantidades ingentes, luego hacían un cráter hasta el fondo con sus dedos y finalmente soplaban por debajo hasta que brotaba fuego. Así surgió el volcán Echeide, que en guanche quiere decir «infierno», donde Guayota, el maligno, estableció su morada.

Cierto día el sol desapareció y la noche se volvió eterna. Guayota lo había capturado y encerrado en Echeide. Los habitantes de la isla estaban aterrados y muertos de frío, y pidieron ayuda a Achamán.

Achamán, el grande, lanza en mano, se dirigió hacia Echeide en busca de Guayota, el maligno, y se entabló un durísimo combate entre ambos en el interior de la guarida. Se escuchó un estruendo terrible y la tierra entera crujió. De

Echeide comenzó entonces a salir humo, fuego, lava, cenizas y despojos al rojo vivo que arrasaban todo aquello que tocaban. Finalmente, Achamán logró vencer a su enemigo y recuperó el sol para los guanches. Como castigo, encerró a Guayota en su propia morada y taponó el cráter para que no pudiera escapar. Desde entonces ahí permanece, pero se le siente respirar, lo que supone una terrible amenaza.

*Infierno E. R.*

–¡Qué fuerte! –dije yo–. ¿O sea, que en cualquier momento el Teide puede entrar en erupción?

–Eso parece –afirmó mi hermana.

Leímos la leyenda un par o tres de veces. Arrastradas por la belleza del relato, nos parecía estar viendo a Guayota con su cara de demonio y a Achamán con su lanza de guerrero. La historia hacía pensar, aunque en el fondo era la de siempre, la que existe desde el principio de los tiempos, la lucha entre el bien y el mal. Y las leyendas están para recordárnoslo. Por eso no nos entraba en la cabeza que alguien quisiera destruir los libros ni tampoco con qué fin. En cuanto a la firma INFIERNO E. R., yo pensé que estas últimas serían las iniciales de su nombre y apellido: Eladio Ruiz, o Rodríguez, o Ramírez, y el dibujo de al lado, su colgante de madera.

–Pero ¿infierno? –dije, o pensé en voz alta.

Marimbo ni me oyó; estaba a otra cosa.

–¡Cuánto me gustaría ir a la conferencia de Eladio! Si tanto sabe, tiene que ser emocionante escucharle –dijo tecleando en el móvil. Pero al poco rato le cambió la cara–. Enana, vas a alucinar: no hay ningún congreso. Ni en Santa Cruz ni en todas las Islas Canarias. Eladio no va a dar ninguna conferencia aquí.

–¿Quiere eso decir que le han engañado?

–Sí, y algo peor: que igual le han secuestrado. Acuérdate de que sabía lo del complot.

Decidimos hablar con Sonic, avisarle de la trampa del congreso. Si Eladio estaba en peligro, en el hogar de ancianos tenían que saberlo. Sonic nos escuchó con atención, pero su cara decía «No me lo creo», y por toda respuesta sacó su móvil para comprobarlo. Y vaya aparato. A su lado la antigualla de Marimbo parecía de mentira o de juguete. Y no digamos el mío, un Alcatel de tapa que solo sirve para llamar.

–Tienen razón –dijo al cabo de un rato–. No aparece ninguna entrada. Tal vez no salga en internet.

–Imposible. En internet está todo lo que existe. Y montones de mentiras que no existen –dijo Marimbo con cara de asco.

–Sí, eso es cierto, pero entonces... ¿dónde se supone que está Eladio? No entiendo nada.

–Ni nosotras. A no ser que... –empezó Marimbo.

Me faltó un pelo para arrearle un buen pisotón, aunque luego cayera sobre mí toda la brutalidad de su venganza. Si contaba lo que sabíamos, lejos de ayudar a Eladio, lo tomarían por un viejo chocho y le cortarían la libertad de un plumazo. Pero tampoco era cuestión de quedarnos de brazos cruzados mientras podían estar acechándole las más horrorosas desgracias.

–A no ser que ¿qué? –dijo Sonic.

–Pues... que se hayan confundido de persona –empezó Marimbo con prudencia–, o... que le hayan secuestrado.

–¿Perdona? –soltó Sonic.

–No sería el primero. Secuestros hay todos los días.

Sonic soltó una carcajada.

–¡Un secuestro! Uyuyuy..., me parece que son ustedes todavía más peliculeras que guapas, que ya es decir. Nadie pagaría un rescate por Eladio, ya se lo he dicho, no tiene familia ni dinero. Sus amigos han muerto, nadie viene a visitarle.

–No siempre se secuestra por dinero. Hay tantos motivos... –dijo Marimbo.

Recordé su bastón con el mango en forma de

bola, la añepa de un valeroso mencey que le libraría de cualquier peligro.

–¿Llevaba su bastón cuando se fue? –pregunté por si acaso.

–Hum..., sssí, creo..., siempre lo lleva. Se supone que lo necesita para caminar.

Marimbo y yo resoplamos aliviadas.

Sonic nos observaba como a dos insectos raros clavados con un alfiler en un tablero.

–Insisto, chicas, han visto muchas pelis de espías. Además, Eladio no se fue a la fuerza. Que yo sepa, a nadie lo secuestran así. –Puso voz de locutor y sacó su lado teatrero–. «Perdone, señor; ¿tendría la amabilidad de venir con nosotros, que le vamos a secuestrar?» –No nos hizo mucha gracia el chiste, y a lo mejor Sonic lo notó, porque dijo–: De todos modos, estará fuera dos días, él mismo firmó el papel de su salida, no se puede hacer nada mientras tanto. Y ahora cambiemos de tema, monadas: mi turno termina a las tres. ¿Les apetece una tarde de playa? Conozco sitios asombrosos.

A Marimbo se le alegraron los ojos.

–Nos apetece muchísimo –contestó.

Yo la miré sin poder creer lo que escuchaba. Precisamente esa tarde no podía faltar a la universidad porque se iban a sortear los jugadores que competirían en la primera ronda de partidas del torneo, y se lo tuve que recordar cuando nos quedamos solas. Jo, la verdad es que a veces me siento como la Pepito Grillo de mi hermana, qué sino más cutre. Pero ella escurrió el bulto intentando quitar importancia al asunto, aunque yo sabía que disimulaba.

–Claro que puedo faltar, no soy tan imprescindible. No me necesitan para el sorteo, solo para jugar. –Se encogió de hombros–. ¡Pfff! Y a lo mejor ni para eso.

Otra vez el olor a secreto. ¿Qué había en ese campeonato que la agobiaba tanto? Pero me callé, porque a mí me apetecía tanto como a ella conocer por fin la playa.

YO

# A LA PLAYA

**Sonic tenía un coche** viejo que hacía mucho ruido y echaba humo negro al arrancar. Aunque lo había tuneado y parecía un bólido, no pasaba de 90. Marimbo se puso de copiloto y yo me senté detrás.

–Las voy a llevar a una playa del norte –dijo–. Básicamente porque son más tranquilas que las del sur, hay menos turistas.

Sonic decía «básicamente» más que ninguna otra palabra, y al hacerlo sonreía enseñando unos dientes blancos y grandes como los de un actor de cine.

–¡Guau! –le contestamos a dúo.

Sin el uniforme del hogar de ancianos, Sonic era aún más guapo. Llevaba bermudas de camuflaje y una camiseta caqui con el dibujo de un paracaídas. Se había soltado el pelo largo y rubio y tenía un tatuaje como este en un tobillo:

–¿Acaso te gusta volar? –le preguntamos.

–Claro. Parapente, ala delta... Pero todo virtual. Luego les enseño la aplicación que me he bajado para volar con el móvil. Superrealista, estás literalmente en las nubes.

Pronto comprendimos que Sonic era el clásico friki de la era digital. Tenía un teléfono inteligente de última generación que debía de costar un montonazo. Con él se relacionaba, se informaba, compraba, viajaba, jugaba, veía series. Trabajaba en el hogar de ancianos porque quería ganar dinero, pero su vocación no eran los viejitos, su pasión verdadera eran las apps y tenía cantidad de ellas instaladas.

–Lo de montar carreras de sillas de ruedas fue cosa mía –dijo Sonic–, me bajé una aplicación para manejarlas a distancia con el móvil. Pero solo lo hago en caso de necesidad, básicamente para prevenir accidentes. ¿A que mola?

Dijimos que sí, que molaba, poco o nada convencidas.

La autopista a la playa estaba repleta. Como el coche no tenía aire acondicionado, llevábamos las ventanillas bajadas a tope y el ruido que entraba era ensordecedor. Sonic hablaba a gritos para que le oyéramos y a gritos nos contó su sueño: ayudar en el futuro a crear la tecnología 10G. Marimbo y yo no sabíamos qué era eso.

–Décima generación, el progreso máximo para aparatitos como este –aclaró levantando su móvil a la altura de nuestra cara.

–Ah –asentimos disimulando nuestra completa ignorancia.

–Supondrá velocidades de descarga inimaginables, entre otras cosas –dijo Sonic.

–Ah –repetimos.

–A ver: díganme cosas que puedan coger mucha velocidad.

–¡Un avión! –respondí yo.

–Más, más velocidad.

–¡La luz! –dijo Marimbo.

–¡Eh, buena! Pero todavía más velocidad.

–¡El pensamiento! –dije yo.

–¡Exacto! No hay nada tan rápido como el pensamiento. La tecnología 10G tendrá esa velocidad de conexión. Eso significa que pensarás en una aplicación e inmediatamente se te habrá descargado en el móvil.

Nos quedamos mudas tres o cuatro segundos, el tiempo que tres o cuatro coches tardaron en adelantarnos.

—Y en la práctica, en la vida diaria, ¿qué ventajas tendrá eso? —se interesó Marimbo.

—Tantas que no podría enumerarlas todas. ¿Se imaginan descargarse series enteras en milésimas de segundo? ¿O que las 20 000 personas de un concierto de rock puedan mandar a la vez por Whats-App la imagen del cantante haciendo el pino puente en el escenario justo en el momento en que sucede?

—¿Mandar a quién? —dijo Marimbo.

—Vaya pregunta. —Sonic le dio palmaditas en el muslo—. Básicamente a algún colega que no haya podido estar en el estadio. Y como existirá la realidad virtual visión trescientos sesenta grados, será como si tu amigo estuviera a tu lado viendo el concierto. La repera. El planeta hiperconectado a la velocidad más rápida conocida.

—¿Hiperconectado o hipercontrolado? —cuestionó Marimbo—. Si ya lo saben todo sobre nosotros, en el futuro no habrá un agujero donde podamos escondernos.

—¿Y quién quiere esconderse? La gente se exhibe, enseña sus vacaciones, sus mascotas, su vida. Y no está mal que todos vean lo bien que te van las cosas. La privacidad tampoco es para tanto.

–¿Ah, no? –dijo Marimbo–. Pues a mí me parece que el exceso de exposición y de información en las redes es la plaga de este siglo. Y que acaba con el interés. Nada importa en profundidad, solo colgar tu movida y que te pongan un *like*. Vemos imágenes a toda velocidad, como si fueran los coches en una autopista que al minuto de pasar ya no recuerdas.

MARIMBO

–Miraaa... la filósofa... –se burló Sonic mirando a Marimbo como si fuera un alien. Pero enseguida retomó las riendas de la conversación–. En fin, los tiempos cambian, no podemos ignorarlo. Y es absurdo no subirse al tren del progreso.

–Sí –dijo Marimbo–, todo cambia, incluso el clima. Me pregunto hasta qué punto ese tipo de progreso nos está beneficiando o, por el contrario, contaminando el planeta y perjudicándonos.

En esas conversaciones andábamos mientras los coches más veloces, que eran todos, pasaban zumbando a nuestro lado. Pero ni el ruido de fondo ni el tráfico peligroso me impedían disfrutar del paisaje montañoso a la izquierda, con la vista del Teide como un suflé con una guinda encima, y a nuestra derecha, el mar, tan azul y tan tranquilo que parecía pintado a la acuarela.

–Atención –dijo Sonic como si se hubiera metido en mis pensamientos–: el Teide se está poniendo el sombrero. –Se refería a un anillo de nubes que se iban colocando poco a poco alrededor de la cima–. Cuando esto sucede, es que va a llover, o eso dicen los más viejos.

–¿Con este día?

Nos parecía imposible. Aunque era abril, hacía buenísimo.

–Y suelen acertar. Más incluso que la AccuWeather o cualquier otra aplicación del tiempo –dijo Sonic con su perfecta sonrisa.

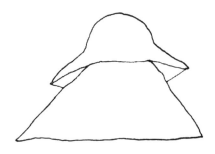

# NUEVO CAMBIO DE PLANES

**Sonic puso música**, una cinta de casete de los tiempos de Maricastaña, de tres tipos que durante años fueron los amos del mercado discográfico mundial.

–The Police –dijo con bastante buen acento–. Música de los ochenta para un coche de los ochenta. Lo que no entiendo es que este cacharro todavía ande. –Y le acarició el salpicadero como si fuera el lomo de un gato.

Como un mapa a tamaño real, la autopista estaba llena de nombres: Tacoronte, La Matanza, La Victoria, La Orotava..., nombres misteriosos de lugares que yo imaginaba como escenarios de fantásticas leyendas guanches, y Sonic, manejando el móvil con la voz, buscaba información de todos ellos a una velocidad alucinante aunque, insistió con una risita, mucho más lenta que la de la futura 10G.

–En La Matanza…, sí, en el lugar que luego se llamará La Matanza los guanches darán candela a los conquistadores, de ahí el nombre –decía usando verbos en futuro para una época pasada. Como un guía turístico.

–¿Conquistadores o *invasores*? –preguntó Marimbo con un pelín de mala leche.

–Pero esperen, aquí dice… Eso es; aquí dice que un poco después, en el lugar que luego será La Victoria, los castellanos básicamente se merendarán a los guanches, con lo que finalizará la conquista de la isla.

–¿Qué pasa, que no eres de aquí? –pregunté extrañada de que un canario supiera de historia local casi tan poco como nosotras.

–¡Anda que no! ¿Tengo acaso cara de ser de la península?

También en la autopista había carteles con ofertas turísticas atractivas: Loro Parque, avistamiento de ballenas, teleférico del Teide, Siam Park, esnórquel con tortugas, Infierno Escape Room…

Tardé décimas de segundo en darme cuenta.

–¡Marimbo! ¿Has visto eso?

–¿El qué?

–El anuncio de una sala de escape llamada «Infierno». Lo acabamos de pasar. ¿No lo has visto?

No, claro, qué pregunta; Marimbo solo tenía ojos para Sonic. Pero pilló lo que le dije a la velocidad del rayo y nos miramos pensando lo mismo: INFIERNO E. R. era la firma de Eladio en la leyenda.

Atiborramos a Sonic de preguntas: que qué era eso, que si conocía aquel sitio, que dónde estaba, pero él ahora no miraba el móvil; tenía un gesto preocupado y, colocándose en el arcén de la autopista, estaba parando el coche.

–¡Ostras! ¿Ven el humo que sale del motor? No me lo habré cargado...

Sonic frenó y nos bajamos. Puso los triángulos rojos de seguridad delante y detrás del coche y luego levantó el capó. Sacó el móvil, abrió una app y lo pasó por encima del motor como si fuera la varilla de un zahorí buscando agua.

–Según veo aquí, el radiador se ha quedado seco. Si solo es eso, todo controlado; siempre llevo una botella con agua.

Mientras esperábamos a que el motor se enfriara para llenar el radiador, Marimbo y yo tuvimos ocasión de hablar a solas. Ella lo tenía superclaro: esa firma estaba ahí por alguna razón, y seguramente quería decirnos algo.

–¿Algo como qué? –pregunté yo.

–¡Ojalá lo supiera! Pero si no hay un congreso, en algún sitio tendrá que estar Eladio, y ese Infierno loquesea parece un lugar tan probable como cualquier otro.

–¡Ostras, ostras, ostras! –oímos gritar a Sonic de pronto–. ¡El coche se pira!

Era cierto. Habíamos parado en una cuesta y el coche rodaba hacia atrás llevándose el triángulo rojo por delante.

–¡Búsquenme una piedra que bloquee las ruedas, por favor! –dijo Sonic sujetando el coche con todas sus fuerzas–. No me fio del freno de mano.

No había piedras, pero Marimbo sacó de su mochila el libro de *Ajedrez Básico*, un tocho de quinientas páginas de papel reciclado, y lo puso de cuña bajo la rueda trasera para probar si servía de freno y, milagrosamente, funcionó. Mira por dónde el libro iba a ser útil para algo.

–Te debo una, mi niña –dijo Sonic pasándole la yema del dedo por la punta de la nariz.

Como si no nos hubiera interrumpido, Marimbo y yo volvimos a lo nuestro.

–Pero no entiendo que Eladio haya usado esa firma. Se supone que pensaba que iba a un congreso en Santa Cruz, no a una sala de escape –dije yo.

–Tú lo has dicho: se supone, solo se supone.

–Acuérdate de que se fue de buen grado, y en eso Sonic tiene razón, nadie se deja secuestrar por las buenas –apunté yo.

–A no ser que sospechara algo y decidiera aventurarse a investigar.

–¿Quieres decir que sospechaba que el congreso era mentira y que los chicos que fueron a buscarle eran del complot? Tú alucinas…

–No alucino, Enana; podría ser. ¿Por qué no? A mí Eladio me pareció un hombre muy listo. Y sobre todo valiente.

–¡Chicas! –volvió a vocear Sonic–. ¿No tendrán agua por casualidad? El coche necesita más, me he quedado corto.

Marimbo siempre lleva una cantimplora de litro en la mochila. Le faltaba un trago que le había dado yo.

–¡Eureka! –dijo Sonic pellizcando a Marimbo en el moflete.

–Más que valiente, loco –dije yo recuperando la conversación donde la habíamos dejado–. No olvides que se cree un guanche.

–Se crea lo que se crea, lo cierto es que poco puede hacer desde el aislamiento y la tranquilidad del hogar de ancianos, y lo sabe. Y no me negarás que el complot le tenía muy pero que muy preocupado.

Eso pensaba Marimbo, y yo quería creerla, pero dudaba. Me parecía todo demasiado novelesco, una idea que podía ser verdad o la fantasía más grande jamás contada.

–A ver –me dijo–, estamos ante un misterio, es decir ante una situación llena de preguntas. Las respuestas a esas preguntas es lo que hay que averiguar.

–¡Puñeta! –oímos de nuevo a Sonic–. No sé qué pasa ahora que no cierra el capó. El último día que lo abrí, funcionaba perfectamente.

Marimbo se quitó su pulsera paracord de supervivencia y se la dio. Desanudada se convertía en una resistente cuerda de más de dos metros de largo.

–¡Perfecto! –dijo Sonic revolviéndole el flequillo.

–Entonces... –seguí yo retomando el tema mientras Sonic se afanaba con la cuerda.

–Entonces no queda otro remedio que averiguar qué es eso de Infierno.

–¿Y la playa? –salté un poco fastidiada.

Pero Marimbo ni se inmutó.

–Mira, Enana, la vida es como el ajedrez, o el ajedrez como la vida, ya te lo dije. Y la partida se resuelve con estrategias y con tácticas; memoriza bien estas palabras: estrategias y tácticas. No existe otra manera de jugar, como no existe otra manera de vivir. La estrategia es pensamiento a largo plazo, ir ideando planes para ganar la partida; la táctica, en cambio, es acción inmediata: avanzar, atacar, dar jaque.

–Y se supone que Eladio está en la fase de estrategia y nosotras tenemos que entrar en la de táctica –dije con desgana.

–¡Exacto!

–Vale. ¿Y allí estará Eladio?

–Vete a saber. Pero esa dirección quiere decir algo, y por el momento es la única pista que tenemos.

–Pues vaya pista indescifrable.

–Todo lo indescifrable que debe ser para que nadie, salvo nosotras, que somos las elegidas, la descifremos.

Y otra vez la voz de Sonic.

–¡Chicas! Vamos de culo. El coche no arranca. A veces pasa. Creo que tendremos que empujar.

Y eso hicimos. Empujar y empujar hasta que arrancó. Y cuesta arriba. Nos tuvimos que montar en marcha. Fue superdivertido. Nos partíamos de risa. Y como Sonic nos debía una, decidimos proponerle un cambio de planes. Nuevo destino: Infierno Escape Room. Otro día de playa desaprovechado.

# INFIERNO ESCAPE ROOM

**Pero ¿en qué consistía** en realidad una sala de escape, una *escape room*? Marimbo y yo jamás habíamos estado dentro de ninguna.

–Básicamente es un lugar de mentira en el que un grupo de investigadores de mentira trata de escapar de una situación de riesgo de mentira. Lo único real es la pasta que te cobran por entrar. Y no es poca –dijo Sonic con desprecio.

Porque a él el nuevo plan no le gustaba, y no entendía que lo prefiriéramos a la magnífica tarde de playa planeada. Pero ¿cómo decirle la verdad? ¿Cómo confesar que íbamos tras la supuesta pista de Eladio? Nos habría tomado por locas. O por cotillas y metomentodo, que tal vez sea peor. Eso sin contar los efectos colaterales que podían perjudicar a Eladio. Se montó una pequeña disputa; chicas contra chico, Marimbo y la Enana contra Sonic, dos a uno. Desarmado, tuvo que acabar cediendo.

–Pero si tú quieres, mañana yo te acompaño a la playa o a donde sea –le consoló Marimbo poniéndose melosa.

–En ese caso... –dijo Sonic mucho más animado.

Por poco me caigo de espaldas. ¿Acaso mi hermana tenía amnesia? ¿O es que se estaba haciendo la tonta? Porque precisamente mañana era la gran final, el día en que ella aplastaría por fin a sus contrincantes como a gusanos inmundos y se alzaría triunfante con la copa. Decididamente había algo misterioso en ese campeonato que hacía que Marimbo no pareciera Marimbo, pero me mordí la lengua para que no pasara vergüenza delante de su adorado Sonic.

La sala de escape no quedaba demasiado lejos, pero nos tuvimos que salir de la autopista. La carretera ahora estaba llena de curvas, y la mole del Teide se veía cada vez más cerca. Todo a nuestro alrededor eran montañas y casas entre montañas, agrupadas en pequeños pueblos, o a veces solitarias. Entonces Sonic aparcó junto a una parada de guaguas y sin apagar el motor del coche nos señaló una calle empinada sacando el brazo por la ventanilla.

–Por ahí, subiendo un poco, se llega a la sala de escape. ¿Siguen decididas a cambiarla por la playa?

Quería que nos lo pensáramos, que entráramos en razón. El muy iluso todavía luchaba por el triunfo.

Pero aunque costaba renunciar a la playa, la decisión estaba ya tomada. Sonic paró el motor y nos bajamos, convencidos los tres de que después, al ponerlo en marcha, nos tocaría volver a empujar.

A pesar del enigmático nombre, la sala de escape no era un local llamativo ni misterioso, qué va, sino más bien un chamizo incrustado en la montaña cerca de otros chamizos y pabellones y alguna casa blanca de dos pisos. No tenía ventanas y la entrada era una puerta de garaje gris. En ella habían pintado la palabra INFIERNO con letras de las que salían llamas, y junto a estas había un dibujo del Teide echando fuego por el cráter. Para qué engañarnos, el lugar, de atractivo no tenía nada y estaba en un sitio demasiado aislado para tratarse de un negocio abierto al público. Costaba creer que alguien pudiera ganar dinero con ello. Delante de la puerta un chaval de la edad de Marimbo bebía una lata de Coca-Cola sentado en una silla de plástico. Llevaba la capucha de la sudadera puesta y tenía tos de perro. Alguien lo llamó Calamidad. Nos dijo que teníamos suerte, que la sala estaba libre en ese momento y que podíamos entrar cuando quisiéramos. Aunque casi no hablaron, me pareció que Sonic y Calamidad se conocían, porque juntaron sus puños en un saludo coleguero, pero a lo mejor era un gesto normal entre los jóvenes canarios aunque no fuesen amigos. Calamidad era el encargado de abrirnos la puerta y cobrarnos los sesenta y cinco euros por grupo que costaba la entrada.

–¿Grupo? ¿Qué grupo? Nosotros solo somos tres –dijo Marimbo espantada.

–Dos. Solo son *dos* –puntualizó Sonic–. Yo no pienso entrar, no se me ha perdido nada ahí dentro.

Tuvimos que conformarnos. Había renunciado a la playa, nos había llevado hasta allí, estaba dispuesto a esperarnos fuera; no podíamos pedirle nada más. Con los sesenta y cinco euros en la mano, Calamidad me miró de arriba abajo y me preguntó cuántos años tenía. Yo iba a contestar que trece, porque los cumplía dentro de tres meses, pero Marimbo se me adelantó:

–Tiene quince –soltó. Porque bien a la vista había un letrero en el que ponía:

> Juego de gran realismo
> Puede herir la sensibilidad del jugador

–¿No es un poco bajita para su edad? –opinó Calamidad guardándose el dinero.

Para entrar a la sala había que rellenar un formulario. A los adultos les encantan los formularios, los reglamentos, creen ciegamente en las estadísticas y cuando hablan entre ellos se ponen pesadísimos dando datos y cifras: «Del mediodía a la tarde la temperatura ha bajado quince grados. ¡En apenas seis horas!», dicen por ejemplo. Qué latazo. ¿No pueden decir «Ha refrescado un pasote», que se entiende igual? En el formulario nos comprometíamos a no tocar nada del decorado que no estuviera indicado para el juego, y la empresa no se responsabilizaba de posibles accidentes por culpa o negligencia del jugador.

–¿Cómo? ¿Es que puede haber accidentes? –dijo Marimbo.

–Solo por culpa o negligencia del jugador, lo pone bien claro –respondió Calamidad mirándose los zapatos.

Marimbo y yo estampamos nuestra firma y entonces Calamidad abrió la puerta del garaje con un mando a distancia y entramos.

# AVENTURA EN EL INFIERNO

**Pues sí, Sonic** tenía razón: las salas de escape son una gran mentira. Divertida o tremebunda, según se mire, pero mentira. Todo en ellas es falso. Es falso el decorado, es falsa la época...

–Estamos en 1494 y la conquista de Tenerife ha comenzado –empezó Calamidad recitando como los papagayos.

Es falso el vestuario...

–Se me pongan estos disfraces –dijo al entregarnos unos vestidos de cuero–. Sí, sobre la ropa. Se llaman tamarco* en lengua guanche.

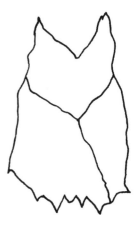

La personalidad de los jugadores es falsa...

–Olvídense por un rato de sus nombres. Ahora son dos castellanos, Bermúdez y Padilla de la Hoz, infiltrados de incógnito en la gruta donde los guanches preparan la estrategia para atacar en la próxima batalla.

Y lo más falso de todo es la historia.

—En algún lugar de esta gruta, que se encuentra en la Montaña del Infierno, hay un anciano llamado Guañameñe, que es adivino. Es el consejero del mencey. Pero está escondido para que nadie, excepto este, pueda escuchar sus profecías y sabios consejos. La misión de ustedes es encontrar a Guañameñe sin ser vistas por los guanches para entregarlo a los conquistadores. Si lo consiguen se les devolverá un veinte por ciento de la entrada. ¿Me comprenden?

—Voy entendiendo —dijo Marimbo divertida.

Teníamos que hacerlo en hora y media. Un reloj digital con cuenta atrás nos recordaría el tiempo que nos quedaba. Para ir avanzando en el juego había que resolver pistas y encontrar cosas ocultas y pasar pruebas de agilidad mental, pero si no lo conseguíamos, si no encontrábamos al anciano, los guanches nos darían caza y los huesos de Bermúdez y Padilla de la Hoz se pudrirían en la cueva para siempre.

—Adelante —dijo Calamidad—. Empieza la aventura. Espero que vivan para contarla, je, je.

¿Me he inventado esa frase y la risita que le siguió en mi afán por hacer que este diario parezca una novela? Ahora pienso que igual no, y lo que pasó más tarde no hace más que confirmarlo. Nada más entrar, la puerta se cerró a cal y canto tras nosotras. Nos quedamos solas en una cueva falsa que parecía de verdad. Con su techo de piedra, la paja desperdigada por el suelo y una antorcha en la pared, parecía una mazmorra siniestra, tan real que por un momento me sentí presa de verdad, como si el juego fuera una tapadera, un engaño para darnos caza por meter las narices en territorio enemigo. Y supe que no valoramos la libertad cuando nunca nos ha faltado, y también que a partir de ese día miraría a los montones de presos del mundo de otra forma, aunque no sabía cómo sería esa nueva forma de mirar, puesto que ni siquiera sabía mucho de cómo era la forma antigua, pero desde luego sería mucho más humana. Y ahora, a jugar. Tres, dos, uno... El tiempo comienza... ¡ya!

## 01:30

–Maldición, amigo Bermúdez; sospecho que nos va a costar salir de esta ratonera –dijo Marimbo Padilla de la Hoz con la voz hueca de su personaje.

–Y me temo que alguien quiere agujerearnos el culo –dije yo como en una película de pistoleros.

–Seguro, Bermúdez, seguro.

–Pero no saben que somos los mejores sabuesos del reino de Castilla. Cuando salga de aquí me haré un tamarco con el pellejo de alguien, dalo por hecho.

–Bien pensado, Bermúdez, bien pensado.

En fin, así estuvimos un buen rato. Nos salían tonterías sin esfuerzo. Nos moríamos de risa. Sin embargo, el reloj que corría hacia atrás nos llamaba la atención con el brillo rojo de sus números y no debíamos olvidar que estábamos ahí siguiéndole la pista a Eladio. Pero ¿dónde estaba? ¿Y si no existía tal pista? Y de existir, ¿seríamos capaces de encontrarla? ¿Y si se acababa el tiempo sin lograrlo?

## 01:20

Solucionando juegos matemáticos y de lógica conseguimos pasar a otra galería de la cueva, una estancia donde los guanches estaban reunidos en tagoror*, la asamblea de hombres importantes presidida por el mencey, según leímos en un cartelito. Los hombres eran hologramas en 3D a todo color, bastante buenos, pero los proyectores de luz láser estaban a la vista y quedaba un poco chapucero. Para que no nos vieran debíamos pasar sin hacer ruido por un suelo de losas cuadradas de dos tonos, como un tablero de ajedrez. Algunas harían mucho ruido al ser pisadas y nosotras teníamos que descubrirlas y esquivarlas, y la única manera era descifrando nuevos enigmas y moviendo cosas permitidas de un lugar a otro y utilizando la intuición y cosas así, y, en fin, lo conseguimos, prueba superada. Pero en la siguiente galería no tuvimos tanta suerte y acabamos atrapadas.

## 01:10

Pues eso, atrapadas, encerradas en una jaula de barrotes de madera que había caído sobre nosotras así, ¡plam!, como una trampa. En los barrotes había dibujos, espirales, jeroglíficos. Era la jaula donde metían a los que desobedecían las normas de la tribu o a los prisioneros. Estaba en un foco volcánico de la montaña y hacía mucho calor. Si no espabilábamos, en poco tiempo nos asarían como pollos. Pero ¿cómo salir de una jaula que no tiene puerta y en la que no hay absolutamente nada para resolver?

## 00:59

–O mucho me equivoco o estás perdiendo los estribos, Bermúdez –dijo Marimbo–. Lo noto.

–¡Ay, deja eso ya! –protesté yo–. No sé tú, pero yo no puedo apartar los ojos del reloj. Nosotras jugando y pasándolo bomba y Eladio aún en la casilla de salida.

Entonces mi hermana se sentó en el suelo de la jaula a lo indio y cruzó tranquilamente las dos manos sobre sus piernas como si estuviera delante de la fogata de un campamento de verano.

–Casilla de salida. Hum, como metáfora no está mal. ¿De dónde la has sacado?

–Marimbo, por favor...

## 00:55

Mi hermana seguía en la misma postura.

–¿Tú sabes lo que hace el buen ajedrecista para ganar? No se pone nervioso, no se acelera. Un verdadero maestro del ajedrez se concentra y presta atención a los detalles. El principiante cree que la partida se gana con grandes acciones, comerse las mejores piezas del contrario, un doble ataque..., pero no es así. Se vence sabiendo cuál es tu posición y cómo aprovecharla.

–Genial –dije un poco harta de tanto ajedrez–. ¿Y cuál es nuestra posición?

–La estás viendo. Postración total. Quieren que perdamos el tiempo y que no consigamos llegar al anciano Guañameñe para no tener que devolvernos el veinte por ciento de la entrada. Pero con la postración, aparece la concentración. Ven, Enana, siéntate aquí a mi lado –obedecí– y mira los barrotes. Concéntrate. ¿Qué ves? –No veía nada que destacara o me llamara la atención, y se lo dije–. Mira bien; olvida el reloj por un momento.

## 00:50

Entonces me pareció reconocer entre los dibujos de todos los barrotes uno diferente de los demás, que no parecía guanche, aunque había que echarle bastante imaginación.

–Eso es... eso parece... ¿una puerta? –dije señalando aquel barrote.

–¡Acertaste! La que abriremos para salir de esta jaula. Y ahora resuelve el jeroglífico: ¿cómo está esa puerta?

–Camuflada, ¿no?

–¡Afirmativo! Y pide a gritos que la crucemos.

## 00:40

Así que me puse a ello y sacudí el barrote puerta, que ni se movía; empecé a sacudirlo más fuerte y nada tampoco, mientras mi hermana, que se había empeñado en que lo hiciera yo sola, repetía: «el dibujo, mira bien el dibujo». Así que me fijé mejor y entonces vi que indicaba la manera de salir de allí casi como si fuera un manual de instrucciones. Ahora era pan comido. Entonces solté el barrote de su enganche, clac, y lo levanté triunfante como imaginaba que haría Marimbo con la copa del campeonato.

–Nunca esperé menos de ti, Bermúdez –dijo Padilla de la Hoz–. Recuérdame que cuando salgamos de esta pocilga te invite a un trago.

## 00:30

Pero no acababa ahí la cosa, porque en el recorrido seguían apareciendo zonas separadas unas de otras. Era extraño. Desde fuera el chamizo no parecía tan grande, pero Marimbo dijo que a lo mejor eran espacios engañosos, como todo allí, que se transformaban sobre la marcha como decorados de escenario, creando una sensación falsa de amplitud. De la jaula pasamos al almacén en el que los guanches guardaban de todo.

–¡Hala, lo que hay aquí! Vaya metralla –dijo Marimbo.

El trastero parecía de verdad con sus estanterías de roca, aunque eran de cartón piedra, y sus antorchas encendidas, aunque con fuego falso, como el del belén. En las estanterías  había ropa, vasijas, odres de cuero, redes para pescar, esculturas de barro, joyas... Y de pronto, vi algo.

## 00:25

–Eh, Marimbo –la llamé–. Mira esto.

Se acercó y echó un ojo a lo que le decía.

–Pura chatarra de imitación –sentenció.

–Ya, pero fíjate bien, ahí, entre el collar de conchas y las sandalias –dije señalando con los ojos.

Y es que entre esos objetos, que NO se podían tocar, había un colgante de madera con dibujos geométricos que nos resultaba familiar. Marimbo casi la pifia con el grito que se tuvo que aguantar. Se apostaba las orejas a que era el colgante de Eladio. Esto último lo dijo en voz muy baja, buscando con disimulo micrófonos o cámaras ocultas. Pero si había, estaban tan bien camuflados como debe estarlo un aparato de espionaje. Entonces cogimos el colgante con cuidado, bueno, lo cogí yo, y claro que era de Eladio, porque era idéntico al suyo y alrededor del cordón había un papel hecho un canutillo y lo cogimos y lo estiramos, bueno, también lo estiré yo, y nos quedamos pegadas porque había cosas escritas con la letra bonita e inconfundible de Eladio:

Segunda leyenda guanche
La amenaza de los tibicenas

—¡Hurra, hurra! —salté—. Seguro que Eladio ha estado aquí y ha dejado esto para nosotras.

Marimbo afirmó con la cabeza.

—Yo diría más: *está* aún aquí, y nos ha traído al epicentro del complot.

## 00:15

Nos entró un nerviosismo algo histérico. El corazón nos latía con fuerza. Me guardé el papel y el colgante dentro de la zapatilla. Me temblaban las manos. Y mientras me agachaba, algo pasó silbando por encima de mi cabeza y se estrelló en la pared: ¡un dardo! Pero sin poder reaccionar siquiera, otro que volaba por los aires se acababa de clavar en el hombro de Marimbo.

–¡Qué es esto! –gritó asustada cogiéndolo con la mano. El impacto le había dejado un puntito de sangre–. ¿Y de dónde ha salido?

Nos tiramos al suelo sin pensar, como si estuviéramos en medio de un tiroteo. ¿Ese era el posible accidente por causa o negligencia del jugador? ¿O es que nos atacaban? Marimbo estaba blanca como el papel y sujetaba el dardo a dos centímetros de su cara.

–Ay, Enana, mira el dardo, mira la punta, tiene algo, huele a algo, tiene veneno. Nos han descubierto y nos quieren asesinar.

Entonces empezó a sentirse rara. Decía que tenía la boca seca, que veía borroso, que no podía respirar. Estaba sentada en el suelo, apoyada en la pared, despatarrada. Yo la abanicaba con la mano, le soplaba en la cara mientras me preguntaba qué ocurriría en los momentos siguientes. Porque me estaba acordando de cosas que había leído o me habían contado sobre otra conquista (en este caso la de América), en la que los indios se defendían de los conquistadores untando sus flechas con curare, que es un veneno mortal, y di por sentado que con algo parecido nos habían atacado. Entonces Marimbo moriría, a mí me matarían después, tirarían nuestros cadáveres por un barranco, nos devorarían los buitres y el crimen quedaría impune. Entonces me arrodillé junto a mi hermana y me puse a llorar como una cría.

## 00:05

–¿Qué hago, Marimbo?, dime qué hago.

–No lo sé, Enana, no lo sé.

–Háblame del ajedrez. Algo habrá en el ajedrez que sirva.

–No, aquí el ajedrez no sirve.

Pero recordó un remedio que podía ser eficaz: tenía que succionarle yo el picotazo muchas veces, muy fuerte, hasta extraer todo el veneno antes de que se le extendiera por el cuerpo, como se hace en primeros auxilios ante la picadura de una víbora. Si eso no funcionaba, nada lo haría.

–Que no se te ocurra tragar. Escupe todo, ¡todo! –me insistía.

Y eso hacía, chupar y escupir. Tantas veces y tanto rato que me estaba quedando sin saliva y en el hombro de Marimbo apareció una buena mancha roja. Yo ya no era el aguerrido Bermúdez cumpliendo una misión, sino una niña asustada tratando de salvar la vida de su hermana.

Entonces sonó una sirena, el reloj se puso a cero y la puerta del almacén se abrió sola; el juego había terminado sin haber llegado al final, sin haber conseguido encontrar al anciano Guañameñe.

# 00:00

Entraba luz de fuera, oíamos la tos seca de Calamidad y Marimbo de pronto parecía reanimada.

−¿Estás bien? −le pregunté.

Se levantó despacio y se tocó por todas partes.

−Creo… creo que sí…, creo que perfectamente. Supongo que has hecho un buen trabajo, Enana.

Envolvió de forma meticulosa la punta del dardo en un clínex y se lo quedó. Era el cuerpo del delito, el elemento clave con el que destaparíamos el complot. Fuera estaba Calamidad, que nos pidió los disfraces, aunque antes podíamos hacernos una foto de recuerdo. Pero para fotos estaba Marimbo.

−Tú y yo volveremos a vernos las caras −amenazó apuntándole con el dardo.

−Eh, eh, eh −dijo Calamidad−. Eso no es tuyo, no te lo puedes llevar. −Y se lanzó para recuperarlo.

—¡Aparta! –dijo mi hermana retirando la mano.

Ahora Calamidad parecía más alto, más furioso, y daba miedo.

—Tengo más fuerza que tú, no me obligues a tener que utilizarla –amenazó.

Pero Marimbo rápidamente se guardó el dardo dentro de la camiseta.

—Si me tocas, estás perdido. Tú no sabes con quién estás hablando. Este dardo irá a la policía. Unidad de Análisis Científicos. ¿Te suena?

Bueno, esta sí que era mi hermana de verdad, a la que había echado de menos por la mañana en el comedor de la residencia de estudiantes.

—¿Qué insinúas? –dijo Calamidad.

—No insinúo nada. Afirmo que este dardo me ha atacado y tiene una sustancia tóxica. Atrévete a negarlo.

El chico explotó a reír, pero era una risa tan falsa como su negocio.

—Esta sí que es buena. Está bien, llévatelo si eso es lo que quieres, tengo más. Pero no olvides que hay una firma vuestra en mi poder. Y eso me protege.

—Lo veremos –fueron las últimas palabras de mi hermana.

# UN PERCANCE NEFASTO

**Durante el rato** que estuvimos en la sala de escape se había levantado viento, el viento había traído nubes, las nubes trajeron lluvia y la lluvia había llenado la calle de charcos. Pero ahora ya no llovía y fuimos hasta el coche sin poner cuidado en no pisarlos, total, a quién puede importarle mojarse los pies con esa temperatura de verano. Sonic nos esperaba apoyado en el coche con la música a todo volumen y jugando en el móvil a un juego de héroes corpulentos con lanzacohetes bazooka y chicas atléticas que manejan motos de agua, pero lo dejó en cuanto nos vio y nos preguntó qué tal lo habíamos pasado añadiendo que todavía podíamos disfrutar de un fin de tarde en la playa.

–¡Me apunto! –exclamé yo.

En cambio, Marimbo por toda respuesta sacó el dardo y tras desdoblar el clínex se lo enseñó como si fuera un hallazgo encontrado en la tumba de Tutankamón.

–Nos han atacado con *esto* ahí dentro, y voy a poner una denuncia. ¿Te importa que volvamos de inmediato a La Laguna?

–No hablas en serio... –dijo Sonic.

–Completamente –dijo Marimbo.

–¿Y cómo vas a demostrarlo?

–Muy fácil; mira la herida del hombro.

Pero allí no había ninguna herida, solo el moretón del tamaño de una moneda de dos euros de los primeros auxilios.

–Te va a costar convencer a la poli de que esto te lo ha hecho un dardo –dijo Sonic y cogió el proyectil con dos dedos para examinarlo.

–¡Cuidado! –dijo Marimbo–. No toques la punta. Creemos que tiene veneno.

Sonic arrugó la cara.

–¿Veneno? Oye, oye, ¿no te habrás tomado el juego demasiado en serio?

Eso dijo, pero en el fondo quería tener buen rollo con Marimbo, así que pensó que lo mejor era acercarse a la sala de escape y aclarar lo ocurrido con ese bobo de Calamidad. Y para allá que se fue. De pronto, el caos, la hecatombe, un cataclismo universal: el dardo resbala de su mano y ante nuestros ojos va y se cae en medio de un enorme charco. El más grande, no había otro mayor. Un remojón suficiente para eliminar cualquier sustancia de la punta, por mucho que fuera mortal.

Horrorizadas, corrimos hacia el charco para recuperar el dardo, pero Sonic ya lo había rescatado de las aguas y lo estaba secando a conciencia con su bonita camiseta de paracaidista. ¿Es o no es una catástrofe? El fantástico elemento clave que destaparía el complot acababa de volar. Y también Calamidad se había esfumado, pues la sala de escape estaba cerrada, seguramente porque ya era tarde.

Miramos al cielo, desinfladas. Oscurecía. Había que regresar a La Laguna si no queríamos perdernos la cena; también para la playa se había hecho demasiado tarde.

Pero no acabarían ahí las desgracias de aquel día, aunque entonces aún no lo sabíamos, y en el viaje de vuelta nos divertimos tanto con las ocurrencias de Sonic que nos olvidamos de la sala de escape, de Calamidad y hasta del dardo.

–Entonces, guapísima, mañana sí que sí, excursión a la playa –dijo a Marimbo, solo a ella, en la misma puerta de la residencia, adonde nos había acompañado–. Básicamente porque me lo has prometido.

Me ignoraba. Me sentí un microbio. Invisible. Él miraba a Marimbo fascinado.

–Por supuesto –contestó ella–. Es lo que más me apetece del mundo.

Ah, no. Aquello era el colmo. No pensaba consentirlo.

–¡No podemos! –salté–. ¡Mañana es el campeonato!

–¿Qué campeonato? –preguntó Sonic–. ¿Tienes un campeonato? Primera noticia. ¿Y de qué es?

Entonces a Marimbo se le puso la cara de las malas ocasiones, sobre todo por una vena en la frente a punto de reventar, y supe que con la palabra «campeonato» la acababa de liar.

YO MICROBIO

–¡Natalia! Vete a la habitación y espérame allí –me ordenó–; yo llegaré para cenar.

¿No lo dije? Y encima me llamó por mi nombre. No lo hace nunca, solo cuando está muy muy enfadada conmigo. O muy angustiada, y yo ya no tenía dudas de que era por el campeonato. Así que obedecí sin rechistar; sé cuándo es mejor no llevarle la contraria. Pero no me importó demasiado, estaba deseando quedarme sola para poder leer a mis anchas la segunda leyenda guanche.

Segunda leyenda guanche
La amenaza de los tibicenas

Durante la eterna noche que asoló la Tierra mientras el Sol estuvo encerrado, Guayota, el maligno, tuvo varios hijos, a los que los guanches llamaron tibicenas. Eran demonios horribles con forma de perro de pelaje largo y negro, colmillos afilados y tamaño muy superior al de cualquier otro cánido conocido. Sus ojos eran crueles, rojos y brillantes como brasas. Vivían al abrigo de los barrancos de Echeide, ocultos en cuevas y grutas. Eran muy voraces. Solo salían cuando la oscuridad era completa para cobrarse sus presas, que lo mismo eran cosechas que animales o personas. Los guanches, temerosos de ellos, les rendían culto sacrificando ovejas y cabras en altares que levantaban para ello. Hasta que llegó el día en que un valiente guerrero, portando la añepa del mencey para que le protegiera, los desafió, pero si logró o no salir con vida de la pugna forma parte de otra historia.

Todavía hoy sobreviven algunos tibicenas, por eso en los barrancos de la isla acecha el peligro y la muerte.

# LA BATALLA DE LAS CARRERAS

**–Hala, ya está,** ya le he contado a Sonic mi vida y le he dicho que mañana no podemos vernos porque estoy en el torneo todo el día –dijo Marimbo cuando regresó–. ¿Contenta, niña pesada?

Pues sí. Y mucho. A ver, que me parecía estupendo que Marimbo ligara con Sonic, pero si estábamos en Tenerife no era por él ni por la playa (aunque me moría por ir), sino por la gran final.

–Ya habrá otra ocasión, seguro que no nos vamos de aquí sin conocer la playa –dije convencida de que me estaría creciendo la nariz por lo menos un palmo.

–Claro. Y el Teide. ¿Qué me dices de ir al Teide, Enana?

No es que estuviera de estupendo humor conmigo, pero ya no se le marcaba la vena de la frente y yo me sentía feliz de volver a oír que me llamaba Enana.

Pero qué preocupada parecía. Nunca la había visto así, o no lo recordaba. Estábamos en el comedor y ella cenaba en silencio frente al libro *Ajedrez básico* abierto por una página cualquiera, ajena a sus rivales, que manoseaban el móvil mientras engullían el arroz a la cubana, ajena también a mí. Y yo tenía la boca llena de palabras: dime tu secreto, estoy a tu lado, no hay nada tan grave que no tenga solución si uno se esfuerza en encontrarla. Pero se me quedaron dentro porque eran palabras copiadas que yo le había escuchado siempre a ella.

Y en ese momento Marimbo sale de su burbuja: le acaban de lanzar un trozo de pan a la cara. Luego, enseguida, otro. Y después uno a mí. Pedazos pequeños, que no duelen pero humillan.

Buscamos al agresor o agresores con los ojos, que solo podían ser Peón Blanco y Reina Negra, como así era.

–Pst..., vosotras, las artistas..., acercaos –dijeron llamándonos con el dedo cuando los miramos.

¿Pretendían que fuéramos a su mesa? Marimbo no se levantó. Cogió un trocito de pan y les devolvió el ataque. Pero la puntería nunca ha sido su fuerte, y acertó en las gafas de una chica que se sentaba cerca de los abogados, una estudiante de Económicas, para más señas, que además era idéntica en todo a la torre blanca. Y si a los abogados les enseñan a discutir desde primero de carrera para ganar los juicios, a los economistas les inculcan la importancia de los números para que en el futuro sean esos eficientes directores de banco que ven a la gente como a cifras, no como a seres humanos. Algo así pensaba Marimbo, por eso no le extrañó que Torre Blanca nos atacara de inmediato; que los filósofos, como son de humanidades, salieran en nuestra defensa y atacaran a Torre Blanca; que los arquitectos, que el día de mañana se harán la competencia, se atacaran entre sí; que los sicólogos y sociólogos, que estudian el comportamiento ajeno, pero no el propio, se unieran a ellos y, en fin, que acabáramos todos contra todos. Hasta que el vigilante tuvo que intervenir: dio dos o tres gritos, expulsó a un par de chicos del comedor y ahí se terminó la batalla de las carreras, una batalla que se estaba formando desde mucho antes del incidente del pan, posiblemente desde mucho antes del primer día que llegamos a Tenerife y a la residencia, y que era la lucha eterna que sucede cuando no se entiende ni se acepta el punto de vista de los demás.

* * *

Fue divertido en el fondo, y habría sido una anécdota sin importancia si no fuese porque hay una ley universal que asegura que si algo puede salir mal, saldrá mal, y no debíamos olvidar que el día había empezado de lo más torcido...

# LA LEY DE MURPHY
## O POR QUÉ LA TOSTADA SIEMPRE CAE DEL LADO DE LA MERMELADA

**Restablecido el orden** en el comedor, Peón Blanco y Reina Negra se levantaron y se trasladaron a nuestra mesa. Al primero se le fueron los ojos al libro *Ajedrez básico* y le salió una sonrisita ñoña.

–Artista –empezó, sentándose enfrente. La barriga le rozaba la mesa–: hoy no te hemos visto por la universidad.

Me pareció que Marimbo, de pronto, perdía todo su aplomo.

–No he podido ir.

–¿Que no has podido? A lo mejor no has querido...

–Era importante –dijo Reina Negra bizqueando. El pelo a lo casco de ciclista le bajaba hasta los ojos–. Estamos aquí para el torneo, somos jugadores de ajedrez, no turistas.

–Lo siento. Acabo de decir que no he podido –repitió Marimbo.

–Entonces no sabes nada de nada –soltó Peón Blanco.

Un grano de arroz embadurnado de salsa de tomate le colgaba de la barbilla, a punto de caer.

–Sé que tengo que estar mañana en la universidad. Y que tengo que jugar. Supongo que es suficiente –dijo Marimbo.

–Pues supones mal. Pero como somos buenos chicos te vamos a pasar información –dijo Peón Blanco–. Torneo suizo para empezar...

–Partidas de duración estándar –aclaró Reina Negra.

–Y sistema Round Robin para terminar –continuó Peón Blanco.

–Con partidas blitz, lógicamente –puntualizó Reina Negra.

Round Robin, suizo, blitz... Marimbo respiraba con dificultad, tenía la cara como el mármol. Algo me decía que no había oído esas palabras en su vida.

–¿Lo pillas? ¿O hay que explicártelo mejor? Porque como los artistas estáis en las nubes...

–¿Algo más? –dijo Marimbo levantándose–. Mi hermana y yo tenemos sueño.

Los abogados se levantaron también. Peón Blanco se estiró todo lo que pudo y acercó su cara a la de Marimbo por encima de la mesa.

–¿No te interesa saber contra quién compites en la primera ronda?

Ella no le miraba a los ojos; miraba el grano de arroz que temblaba en su barbilla.

–Juegas contra mí, precisamente. Qué casualidad, ¿no? –prosiguió Peón Blanco poniendo ademanes de gánster.

–Ya sabes –añadió Reina Negra–: un punto al ganador, medio al empate y se sigue jugando. Pero el que pierda... –e hizo con el dedo el gesto de rebanarse el cuello–, ¡a la calle!

–Y pienso machacarte, artista –remató Peón Blanco.

–¡No se llama artista! –salté yo–. ¡Se llama Marina! ¿No ves la tarjeta?

Peón Blanco me lanzó una mirada asesina. Me insultaría, me llamaría canija o monosabio, pero entonces el grano de arroz se desprendió de su barbilla y cayó en el brazo de Marimbo. Mi hermana lo miró despacio, con desprecio, sin decir una palabra, y después lo disparó con dos dedos y lo estampó de nuevo en la cara de su dueño. Luego ella y yo nos dimos media vuelta y nos marchamos.

# LA NOCHE ANTES DEL CAMPEONATO

**Pero si pensé** que Marimbo se acostaría corriendo para estar muy descansada para la gran final, como tantas otras veces me había equivocado. Porque más que dormir lo que mi hermana quería era descifrar los enigmas encerrados en la segunda leyenda guanche. La verdad es que las dos estábamos de acuerdo en todo, y Marimbo, boli en mano, escribió en mi diario una lista de comparaciones.

Así:

Tibicenas → Sicarios (Calamidad entre ellos)

Cuevas y grutas → La sala de escape

Amenaza → Complot (rapto de libros)

Valiente guerrero → Eladio

Añepa del Mencey → Bastón de Eladio

Ojos de los tibicenas → Reloj digital

Y había más: Eladio dejaba bien claro que estaba prisionero en esa gruta, donde le esperaba un futuro incierto.

–Pobrecito –dije–. ¿Tú crees que está pidiendo socorro?

–Sin duda. Esos tipos parecen peligrosos, mira lo que nos ha pasado a nosotras con el dardo. Sin embargo...

–¿Qué? –pregunté yo.

Entonces Marimbo sacó de la mochila el tablero de ajedrez y las piezas y las colocó como para empezar una partida.

–Ayer te hablé de los peones, ¿recuerdas? Ahora te contaré algo sobre los caballos, lección número dos: el caballo se mueve en forma de L y es la única pieza que puede saltar sobre otras. No recorre grandes distancias, como el alfil o la torre, pero si está bien situado, si se encuentra en el lugar adecuado, controla la mayor parte del tablero. ¿Ves? –Y movía las piezas por los recuadros mientras hablaba–. Tanto es así que puede dar jaque a la reina y al rey a la vez. Y eso supone prácticamente ganar la par-

ELADIO

tida. Pues bien, no sé por qué, pero yo veo a Eladio como al caballo del ajedrez.

Me animé bastante, la verdad. Si ella lo decía..., aunque costaba imaginar a Eladio, tan encorvado y anciano, como a un poderoso caballo, por mucho que llevara la añepa del valeroso mencey.

Cuando nos metimos en la cama, yo recé para mí una especie de oración que me inventé:

*Achamán Supermán,*
*Guayota carasota,*
*tibicenas con melenas,*
*haced que Marimbo gane el campeonato.*
*Por favor. Por favor.*

Y me imaginé a Peón Blanco hundido, atragantándosele la derrota mientras mi hermana, orgullosa, le pasaba la copa por la cara.

# UN POCO DE FLASHBACK

**Pero ¿dónde estaba** Eladio mientras tanto? ¿Qué había sido de él?

Para saberlo hay que retroceder unas cuantas horas, concretamente a las diez de la mañana de ese mismo día, aunque lo que sigue ni la Enana ni yo, que soy Marimbo, podíamos saberlo entonces.

Pero no importa. Muchas novelas no llevan en línea recta el relato, hacen saltos en el tiempo. Es un recurso narrativo para dar más emoción a la historia o para que se entienda mejor. Se llama *flashback*. La acción retrocede días, semanas o años para volver luego al punto donde se había quedado. Es como si el escritor metiera a sus personajes en una máquina del tiempo y le diera al botón de *start*. Y yo prometí ayudar a la Enana para que de su diario saliera una novela de verdad, capaz de llenar la cabeza de quien la lea de ratones y saltamontes, y el corazón de mariposas. Chulo, ¿no?

Veamos: a las diez de la mañana de ese día se presentaron en el hogar de ancianos dos chicos preguntando por Eladio. Le dijeron que su jefe, un estudioso de las epopeyas guanches, le invitaba a un congreso en Santa Cruz, la capital de la isla, con todos los gastos pagados. Lo único que tenía que hacer era contar ante el público alguna leyenda de las muchas que se sabía. Eladio se fijó en sus mochilas: eran iguales y llevaban el mismo mensaje en letras grandes y llamativas:

Lo primero que pensó fue que no era la primera vez que veía ese anuncio. Como tampoco era la primera vez que veía a uno de esos dos muchachos, pues su rostro le resultaba familiar. ¿Dónde habían coincidido?

No lograba recordarlo. Pero lo que sí recordó fue un hecho trágico y heroico protagonizado por el último mencey de Taoro, uno de los nueve territorios en los que estaba dividida la isla de Tenerife en el momento de la conquista.

–Fue memorable. Tal vez cuente esa historia en el congreso –dijo, o pensó en voz alta.

–¿Cómo dice, abuelo? –preguntó el muchacho de la cara familiar. Y soltó una tos de perro.

Entonces Eladio reconoció esa tos inconfundible, la había escuchado días atrás en la librería de la que ayer le habían expulsado. Aquel día el chico llevaba la misma mochila. También recordaba que lo llamaron Calamidad. ¿Sospechó entonces Eladio que algo no iba bien? A lo mejor; es anciano, pero no tonto, y aquellos chicos no le daban buena espina. Pero llevaba sangre guanche en las venas y eso le hizo arriesgarse.

–De acuerdo, iré con ustedes –aceptó–. ¿Cuándo nos vamos?

–Cuanto antes, abuelo, cuanto antes –fue la respuesta de Calamidad.

Eladio subió a su habitación a prepararse y sin más se puso a escribir para nosotras la primera leyenda guanche. Imaginaba que de un modo u otro acabaríamos en el hogar de ancianos y quería reparar en lo posible lo del plantón. Acaso por un presentimiento firmó como

INFIERNO E. R. Era lo más parecido a una pista y, quién sabe, podía darse el caso de que hiciera falta. Eso quería decir que nos consideraba lo suficientemente listas como para poder descifrarla si fuera necesario. Luego metió la leyenda en un sobre de propaganda y, para cerrarlo, aplicó saliva al pegamento de la solapa, que estaba sin utilizar. Después se cambió las pantuflas de andar por casa por las deportivas color lima, cogió su bastón, bajó al recibidor, dejó el sobre y firmó el papel de salida.

Ya fuera, Calamidad le ofreció un casco y unas gafas de motorista.

–Le cambio todo esto por sus gafas –dijo.

–¡Ni hablar! –contestó Eladio–. No soy nada sin mis gafas.

–¿Me las da? –insistió extendiendo la mano–. Es solo un préstamo. No quiero que se le rompan ni que se le pierdan.

Bueno, eso era casi como vendarle los ojos. Pero le entregó sus gafas, se puso el casco y las de motorista, y montó en el sidecar de una moto que conducía Calamidad. El otro, que se llamaba Néstor, iba de paquete. Fue así como llegó a la sala de escape.

–Pero… esto no es Santa Cruz –dijo Eladio cuando pararon.

–Bingo, abuelo. Y tampoco hay un congreso –aclaró Calamidad ayudándole a salir del sidecar.

–¿Quiénes son ustedes? ¿Qué quieren de mí?

–Tranquilo, no va a pasarle nada. Pero yo, en su lugar, me portaría bien –le aconsejó Néstor.

Entraron en la sala de escape por la misma puerta de garaje que nosotras cruzaríamos horas más tarde. No había clientes en aquel momento, solo oscuridad, y los chicos se guiaban con la luz de sus linternas. Atravesaron salas y pasillos. El cincuenta por ciento de Eladio que era Eladio sin las gafas se dejaba conducir. Lógicamente a esas alturas ya sabía que había sido raptado y que su secuestro estaba relacionado con el complot, pero no tuvo miedo. No era la primera vez que lo hacían prisionero, como tampoco sería la primera vez que conseguiría escapar. El pasado, de pronto, se le vino encima. Recordó las escaramuzas empleadas para resistir al ejército invasor en las duras batallas de la conquista. Aquellos soldados, que habían llegado por mar en unas casas flotantes, vestían de metal e iban a lomos de un animal fuerte, alto y desconocido por entonces en la isla: el caballo. Sus arcabuces y espadas eran muy superiores a las lanzas y garrotes de madera de los guanches. Era una lucha desigual, pero los nativos conocían el terreno y habían aprendido a sobrevivir observando e imitando a la fauna que los rodeaba. Así, poseían el oído del pinzón, la velocidad del conejo, el camuflaje de los insectos, la orientación de los murciélagos, la adaptación de los lagartos.

A veces las linternas se apagaban y el lugar por donde pasaban se volvía una mancha negra. Era una estratagema de despiste, Eladio lo sabía bien, pero su gran instinto de guerrero dibujaba el recorrido en su cabeza, y lo grababa.

—Por aquí, abuelo —decía Calamidad—. Cuidado, no se tropiece.

Finalmente entraron en un agujero al que nadie en su sano juicio habría llamado habitación. Era húmedo y sombrío, y el frío hacía tiritar a Eladio, a pesar de que llevaba una chaqueta de lana sobre la camisa a cuadros.

—Fin del trayecto —dijo Calamidad—. ¿Se ha cansado, abuelo?

—¡Dejen ya de llamarme abuelo! —protestó Eladio dando con el bastón en el suelo—. No lo soy, y mucho menos de ustedes.

—Vale, vale. Tomo nota. Vaya genio. De momento espere aquí a que venga el señor Sholen. —Y le indicó una silla colocada bajo una única bombilla amarillenta.

Eladio refunfuñó:

—Como si supiera quién es ese señor Sholen.

—Es el jefe —le aclaró Néstor—. Tiene una proposición para usted, y si quiere un consejo, yo no la rechazaría.

—Mientras tanto, formalito —exigió Calamidad.

Los dos chicos abandonaron el agujero, que no tenía puerta. Debieron de sospechar que con esa luz miserable y sin las gafas, el prisionero no iría muy lejos, y Eladio se quedó solo.

¿Cuánto rato pasó? Él no podía saberlo. Sentado en la silla con los ojos cerrados, parecía adormilado. Pero no dormía; meditaba. Quería ordenar sus recuerdos, que eran revoltosos, iban y venían, subían y bajaban, se daban la vuelta, se mezclaban unos con otros. Algunos le traían imágenes tan lejanas que parecía imposible que el muchacho que trepaba por los riscos fuera él. Recordaba, por ejemplo, el día que su padre le regaló el colgante que ya no se quitaría jamás. «¿Ves este amuleto, hijo? Es tu pintadera*, tu marca, y es única. Simboliza todo el cielo conocido: la luna, las estrellas y el sol. Úsala como tu firma, como tu huella. Por donde quede tu pintadera grabada, habrás pasado tú.» Tenía catorce años, cómo olvidarlo, iba a empezar el bachillerato. Pero espera, no fue entonces, sino mucho antes, el día de su primera comunión. No, no, tampoco; él era un guerrero e iba a luchar junto al mencey... Y no fue su padre, sino su madre la que le puso el colgante en el cuello aguantando las lágrimas porque estaba a punto de llorar: «Hijo mío, si te hacen preso o si desapareces, usa la pintadera para que te encontremos». De pronto, Eladio oyó un ruido y abrió los ojos. Tapando completamente la entrada al agujero había un artefacto con ruedas, con luces y botones para manejarlo, algo monstruoso y fuera de lugar, como un patinete del futuro. Sobre él se desplazaba un tipo más alto que cualquier persona que Eladio hubiera visto jamás, vestido como un superhéroe de esos que estaban tan de moda en los videojuegos, un saco de músculos negros, rígidos y aparatosos, uno de los muchos personajes que iban desplazando a los antiguos protagonistas de los libros juveniles poco a poco.

—Bienvenido —dijo una voz rara, con eco, como manipulada por un sintetizador.

Eladio no se movió de la silla.

—¿Nos conocemos? —preguntó buscándole los ojos tras la máscara.

—Yo a ti sí, al menos por referencias, y tenía curiosidad por ver tu cara.

—Lo mismo digo —dijo Eladio.

—¿Te refieres a esto? —supuso el superhéroe señalando la máscara y todo el traje en general—. Lo siento. Defensa personal. Es para que nadie me reconozca. Se llama táctica militar, que es el ingenio de cualquier guerra. Y, de momento, estamos en guerra.

Eladio forzaba la vista. No sabía si dentro del superhéroe había un hombre, una mujer o una criatura cibernética, aunque tampoco le importaba demasiado, pero lo que sí dedujo es que estaba ante el jefe del complot, aquel al que habían nombrado como señor Sholen.

—No sé dónde estoy ni qué hago aquí, pero adelante con lo que tengas que decirme –dijo Eladio–. Soy muy viejo y no puedo permitirme el lujo de perder el poco tiempo que me queda.

—En eso estamos de acuerdo –retumbó la voz del señor Sholen–. Te has dejado ver a menudo merodeando por las librerías, husmeando donde no te importa y haciendo preguntas indiscretas. Y, qué quieres, eso llama la atención. Es posible que incluso alguien te esté siguiendo la pista y decida jugar a hacerse el héroe.

—¿A qué te refieres? –dijo Eladio.

—Está muy claro: si te echan en falta, te buscarán, y aquí no queremos intrusos. Insisto, has llamado mucho la atención.

—Al grano –apremió Eladio dando con el bastón en el suelo.

—De acuerdo. El asunto es el siguiente: tú conoces todas las leyendas guanches. No hay nadie en estas siete islas ni en todas las islas de todos los océanos de la Tierra que sepa tantas leyendas como tú. Y yo las quiero. Cuando las tenga, volverás al hogar de ancianos y aquí no ha pasado nada.

—Tendré que saber para qué las quieres… –dijo Eladio.

—Digamos que las necesito para mi proyecto. Por lo tanto, te necesito a ti.

–¡No me necesitas! –gritó Eladio poniéndose en pie y levantando su bastón–. ¡Todas esas leyendas ya están escritas! ¡Puedes leerlas cuando quieras!

–Oh, vamos, no seas humilde. Tú sabes más, mucho más de lo que ya está escrito. Sabes secretos y misterios que nadie conoce. Y yo quiero esos secretos y esos misterios en exclusiva.

–Me sobrevaloras. Yo no tengo más sabiduría que los libros, qué más quisiera. –Dio un paso hacia el fantoche apuntándole con el bastón–. ¡Que los libros que tú has secuestrado!

Ahora el señor Sholen retrocedió tocando un botón de su patinete. ¿Se había asustado? Desde luego algo le pasaba. Intentaba hablar, pero tosía, se atragantaba, hacía ruidos extraños y se le agitaron las ropas del disfraz, como si por dentro se estuviera librando una pelea de ratas.

–¡Puaj, cof, puaj! Perdona –consiguió balbucear–, pero no puedo oír esa palabra. Me enferma, me descompone.

–¿Qué palabra? ¿Libr...?

–¡Calla, no la repitas! –chilló–. Es horrible, representa objetos despreciables. Y en mi proyecto están descartados.

La boca de Eladio, que se movía todo el rato como masticando, se paralizó de golpe.

—Entonces ¿adónde irán mis leyendas? ¿Para qué las quieres?

—¿Por ejemplo para ganar dinero? —dijo con tonito estúpido—. Había pensado incluso darte una pequeña comisión. Siempre y cuando te la ganes, por supuesto.

—¿Y cómo piensas transmitirlas si desparecen los li...?

—¡Hay otras maneras! —le interrumpió—. Y son mucho mejores, no necesitan el esfuerzo de la lectura. Quiero fabricar con tus historias los mejores videojuegos conocidos. Serán juegos culturales, por qué no, pero sobre todo emocionantes, trepidantes, llenos de acción. Después se los venderé a los niños y a los padres de los niños y a los maestros que eligen los padres de los niños. Quiero ofrecer lo mejor, sin competencia posible. ¿Aún no te has enterado de que leer está pasando de moda? Si mi proyecto funciona, la lectura será para las nuevas generaciones una costumbre del pasado.

A Eladio se le desencajó la cara.

—Ah, no, no. Eso sí que no. Nada puede sustituir a la lectura. Nada supera a un libro. Los libros son... Un libro es... —y no terminó la frase porque cualquiera de las palabras que conocía le parecía pequeña para definir la inmensa grandeza de los libros.

—¡Basta, basta, bastaaa! —berreó el señor Sholen fuera de sí—. Aquí no se puede opinar, solo obedecer.

–¿Sí? Pues no veo ningún cartel que lo prohíba, así que opinaré lo que me venga en gana –dijo Eladio perdiendo la paciencia.

Entonces el señor Sholen sacó de su patinete un aparato pequeño, redondo y plateado.

–¡Cógela y habla! –ordenó alargando la mano hacia Eladio–. Solo disponemos de dos días. Cuéntale a la grabadora lo que sabes. ¡Todo! Si no te da tiempo a dormir, ya descansarás cuando termines. Y no te pases de listo; si me engañas, despídete para siempre de tu vida tranquila en el hogar de ancianos.

–¿Es una amenaza?

–Lo es, y de ti depende que no se haga realidad. Tengo mis métodos. No serías el primer anciano que se pierde y aparece despeñado. Aquí, en estos barrancos, en los últimos años se han caído varios. Así que ¡habla!

–No pretenderás que le hable a esa cosa sin boca ni orejas –respondió Eladio mirando la grabadora con desprecio–. Jamás he conversado con un aparato, y no pienso empezar a hacerlo ahora.

El señor Sholen gruñó un buen rato por lo bajo.

–De acuerdo –dijo al fin.

Y dando media vuelta, se marchó y desapareció con patinete y todo por el pasillo. Pero al poco llegó Calamidad con una mesita plegable que montó bajo la bombilla amarillenta. Sobre esta puso un paquete de folios Navigator y un Pilot.

—De parte del señor Sholen —dijo—. Quiere que escriba hasta que se le caiga la mano. Je, je, es un decir, claro.

—¿Y mis gafas?

—Tendrá que arreglarse sin ellas. Órdenes de arriba. Por cierto, sus zapatillas molan, abuelo, digo…, esto…, perdón, señor Eladio.

—Si dejo de necesitarlas, cuenta con ellas —fue la respuesta que recibió.

Eladio volvía a estar solo. Pensativo ante el paquete de folios que tenía que llenar, repasaba las palabras del fantoche. Conque esa era la razón, el motivo oscuro por el que secuestraba los libros: *su* proyecto. Un proyecto que excluía la lectura y pretendía acabar con los niños aficionados a ella, los adultos ilustrados del mañana. Sin lectura, ¿qué futuro les esperaría entonces? Un porvenir de seres entontecidos y pánfilos, con la imaginación bajo mínimos por no usarla, personas sin criterio, sin ideales de altura, fáciles de manejar, de convencer, de dominar, se dijo Eladio, aunque afortunadamente él ya no estaría para verlo. No, no pensaba colaborar, no escribiría ni una sola letra para el proyecto del señor Sholen y nada le haría cambiar de opinión, ni siquiera la amenaza; bien mirado, a su edad ya no tenía mucho que perder. «A no ser que esta añepa me proteja», se dijo llevando la vista a su bastón. Y entonces apareció ante sus ojos con su taparrabos de cuero y su capa el mismísimo Bencomo de Taoro, el mencey que lideró la rebelión aborigen frente a los conquistadores.

—¡Venerado Rey Grande! —dijo Eladio besándole el dobladillo de la capa—. ¿A qué debo el honor de tu visita?

—Vengo a recordarte quién eres —dijo Bencomo—. Me ha parecido que dudabas.

—Es porque a veces me siento un poco viejo.

—Eres un guerrero guanche y lo serás hasta el final, no lo olvides.

—Trato de no olvidarlo.

—Un guerrero guanche no espera de brazos cruzados la muerte.

—Eso es cierto.

—Eladio, muchacho, te has visto en peores, si lo sabré yo.

—Cierto también. Solo que ahora no tengo agilidad, ni gafas...

—Tienes algo mucho más valioso —dijo Bencomo antes de desvanecerse—: una pintadera y dos amigas valientes.

Fue así como Eladio tomó la decisión de escribir la segunda leyenda guanche para nosotras, la de los tibicenas, y dejarla junto a su colgante en el almacén de la sala de escape. Había escrito tanto a lo largo de su vida que hacerlo sin las gafas en realidad no era un problema. Moverse sigilosamente y en la oscuridad por un recorrido que llevaba bien grabado en la cabeza, tampoco.

Todo esto ocurría por la mañana. Faltaban unas pocas horas para que nosotras entráramos allí y descubriéramos el colgante pintadera y la leyenda. Y ahora, para no alterar las reglas del *flashback*, subimos de nuevo a la máquina del tiempo, damos al botón y izas!, volvemos al presente, al diario de la Enana.

# DÍA «D», VIERNES: DOS HORAS ANTES DEL CAMPEONATO

–¿**Recuerdas mi sueño** de ayer? –fue lo primero que dijo Marimbo cuando nos despertamos.

–¿El del anciano con una cicatriz? –dije yo.

–Sí. He vuelto a soñar con él.

Ocho de la mañana. Estábamos las dos apretujadas en mi cama. A media noche Marimbo se había cambiado porque no podía dormir. Daba vueltas, daba la luz, cogía el libro *Ajedrez básico*, lo volvía a dejar en la mesilla. Normalmente la que tenía miedo y se pasaba a la cama de la otra siempre era yo. Y funcionaba. Me dormía al momento. Esta vez, en cambio, era distinto: era ella la que estaba aterrada, por culpa del campeonato, y yo seguía sin saber la causa.

–Cuéntame tu sueño, anda –dije para que pensara en otra cosa.

Y me lo contó. Resulta que al anciano ya no se le veía la cicatriz. Tenía barba de varios días, como un presidiario o un náufrago, con lo que a Marimbo eso más que un sueño le pareció una pesadilla.

—Temo que sea una premonición, temo que Eladio esté en peligro de verdad.

Sus palabras me dejaron preocupada.

—¿No dijiste que lo veías como al caballo del ajedrez?

—Y así es, pero todas las piezas pueden ser comidas en algún momento. Incluso los caballos.

Entonces oímos un ruido al otro lado de la puerta y volvimos la cabeza. Alguien estaba metiendo un papel por la rendija. Saltamos de la cama, corrimos hacia la puerta y cogimos el papel. Era un folio doblado, y al desdoblarlo, comprobamos estupefactas que estaba escrito por Eladio.

Entonces abrimos la puerta esperando un milagro (que estuviera él allí o algo así), pero en el pasillo no había nadie excepto los jugadores que iban hacia el comedor para hacer acopio de energía con el desayuno. Peón Blanco y Torre Negra pasaron por delante de nuestra puerta. Aún no nos habíamos vestido y, como dormimos en camiseta, teníamos las piernas al aire. Los dos ajedrecistas se pararon frente a nosotras. Ellos llevaban un polo blanco con el escudo de su universidad y pantalones azules planchados con raya. Miraron las piernas sin depilar de Marimbo con venenosa calma. En silencio. Luego siguieron su camino.

Entonces entramos en la habitación, cerramos la puerta y nos pusimos a leer la...

*Tercera leyenda guanche: Prisión y muerte de Guañameñe*

Nueve fueron los hijos del gran Tinerfe, el memorable mencey de toda Tenerife que antes de morir fue testigo de la rebelión de su descendientes. Estos se repartieron la isla y la dividieron en los nueve menceyatos existentes en la época anterior a la conquista. Los de Güímar y de Taoro, llamados Añaterve y Bencomo, eran, además de parientes lejanos (pues ambos descendían de Tinerfe), viejos rivales, y esa hostilidad se acrecentó cuando el hijo de Añaterve y la hija de Bencomo se enamoraron. Bencomo, que no aceptaba esos amores, invadió Güímar e hizo prisionero al joven. Y con él, al vidente de su tribu, el adivino Guañameñe, cuya fama de visionario circulaba por la isla entera.

—Dime, hechicero —le dijo Bencomo visitándolo en su encierro—. ¿Cuáles son los secretos que nos depara el futuro?

Guañameñe pidió un gánigo* de leche y vertió su líquido invocando las señales del oráculo. Lo que vio no le gustó. Pidió entonces sacrificar una pequeña baifa* para leer en sus vísceras, y en ellas se concentró.

—Llegarán aves de blancas y grandes alas por el mar, y traerán el sonido de la batalla. Arduo y prolongado será el combate. Cuando acabe, la isla será un despojo amargo, como la derrota.

Aún no había comenzado la conquista, pero ante el terrible augurio, Bencomo tembló. Y pensó que la profecía no se cumpliría si ordenaba la muerte del adivino. Guañameñe fue colgado de un árbol y ahorcado.

Poco después, quince galeones castellanos con velas blancas y grandes como las alas de un ave arribaron a las costas de Tenerife. Con ellos comenzó el derramamiento de sangre. Pero mientras que Añaterve, el traidor, colaboraría con los conquistadores, Bencomo, el llamado Rey Grande, pasaría a la historia como el noble y bravo cabecilla de la resistencia guanche.

Esa era la leyenda, y tras leerla nos habíamos quedado un poco tristes porque no era un cuento imposible de dioses y demonios, sino una historia basada en hechos reales sucedidos hacía quinientos años no muy lejos de donde ahora estábamos nosotras.

—No sé cómo ha llegado esto hasta aquí —dijo Marimbo agitando el papel en el aire—, pero lo que sí sé es que Eladio es el Guañameñe de la leyenda y está pidiendo socorro. *Nos* está pidiendo socorro, mejor dicho. A nosotras dos.

Yo también lo había pensado, claro, y era como para morirse de miedo, pero dije:

—Si solo somos un par de niñas, Marimbo.

—Sí, pero somos las elegidas, no lo olvides.

—¿Y qué podemos hacer?

—De momento hablar con Sonic. Tiene que enterarse de lo que pasa, Eladio es más responsabilidad suya que nuestra, al fin y al cabo.

—¿Hablar con Sonic? ¿Cuándo? ¿Mañana?

—Tú deliras. No creo que Eladio pueda esperar tanto. La leyenda es una pieza de ajedrez que hemos tocado. Y ya se sabe: pieza tocada, pieza jugada.

—Pero tienes el campeonato... —argüí débilmente.

Marimbo hizo un gesto de cansancio. Escuché crujir sus dientes y el chasquido de sus dedos al espachurrárselos.

—A ver, Enana, vamos a llevarnos bien. Sonic debe saber qué le pasa a Eladio y dónde está, porque tiene que ayudarnos a salvarlo. ¿O crees que podemos hacerlo solas?

—Hum —dije yo.

—¿Hum? —repitió Marimbo—. ¿Qué quiere decir «hum»?

Bueno, pues sí, se lo dije: Sonic no me daba buena espina, no me gustaba, no me fiaba de él. Me parecía que iba de guay sin serlo. Había visto varios detalles muy chungos: no querer entrar a la sala de escape, el saludo coleguero con Calamidad, como si se conocieran, y el accidente del dardo en el charco, seguramente planeado.

—Además, a veces sonríe como los vendedores de coches, a lo falso. Pienso que a lo mejor está metido en el complot —concluí—. Pasa de él, Marimbo, y vayamos a la policía.

Mi hermana resopló dos veces. Por la cara que puso supe que se avecinaba algo terrible. No era la vena de la frente esta vez, sino una arruga muy profunda entre las cejas.

–¡Increíble! Me pinchan y no sangro. ¡Sonic implicado! Tú lo que estás es celosa de que me haga mucho más caso que a ti, pero ¿quieres que te diga lo que pienso? Pues que Sonic es demasiado inofensivo como para estar metido en un complot.

–¿Cómo estás tan segura?

–Muy fácil: con tantas apps y tanto móvil seguro que tiene la sesera hecha fosfatina. Así que tranquila, todo para ti, que no es mi tipo.

Me enfurecí. Protesté. Le dije algún disparate que ahora no recuerdo. Bueno, sí que lo recuerdo, pero no quiero repetirlo aquí y que quede escrito para siempre. Ella empezó a vestirse, renegando.

–¡Ufff! ¡Mira que das guerra! Estás pesadísima, todo el día dando la lata, nada te parece bien, que si esto así, que si lo otro asá... Parece que te has tragado una madre cargante.

–¡Muy bien! –grité–. Pues si tanto te molesto, ¿por qué me trajiste? Haberle pedido a Mayi que te acompañara.

Entonces lo soltó y fue como un porrazo mortal en la cabeza.

–Se lo pedí, lista, se lo pedí. La invité a venir, pero no podía. Tampoco Maite. Ni Andrea. Nadie podía, por eso te traje a ti. ¿Satisfecha? Ahora ponte a llorar, anda, para darme pena. Como una nena. Como lo que eres.

¿Alguien sabe lo que es pillarse un dedo con la puerta? A mí me pasó una vez y al principio solo quieres sacarlo de ahí porque el dolor es insufrible. Pero llorar no lloras hasta más tarde. Pues algo parecido me estaba ocurriendo de pronto. Y sentí como si nuestra sangre común, nuestra vida juntas, nuestro amor de hermanas, todo, en un momento, hubiera saltado por los aires.

**Pero lo olvidamos**, o casi, durante el desayuno, y el que no entienda cómo funcionan estas cosas es porque no sabe lo que es tener hermanos. Entonces Marimbo oyó el sonido de su WhatsApp. Era Sonic.

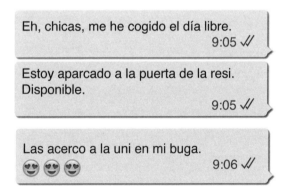

Así que nos vimos de nuevo en el viejo coche de Sonic, camino de la universidad. Pero para mi sorpresa, Marimbo no abrió la boca. No dijo nada del complot ni de que Eladio, con sus mil años a cuestas, se había propuesto investigarlo, ni nada del secuestro ni del encierro en la sala de escape ni de las leyendas que nos hacía llegar de las formas más inesperadas. Ni mucho menos que Achamán nos había elegido como colaboradoras. La verdad es que no dijo nada de nada porque en esos momentos, con la gran final encima, el motivo de su silencio era el miedo, que no sabía o no podía mantener a raya, y yo habría dado gustosa mi colección de minerales por ayudarla.

–Ah, y aviso de que me quedo en el campeonato de mirón –anunció Sonic–. No me lo pierdo ni loco.

–No creo que sea buena idea –dijo Marimbo con la mirada más abajo del suelo.

–Es la mejor que he tenido en las últimas veinticuatro horas. Para eso me he pedido el día libre.

Llegamos a la universidad. Sonic entró el primero; quería coger buen sitio en las butacas de los espectadores. Marimbo, en cambio, parada ante la escalinata de piedra de fuera, no arrancaba.

–¿Estás bien? –le pregunté.

–Perfectamente –dijo un poco alelada–. Bonito edificio, ¿verdad?

Dentro había mucha gente, jugadores y familiares y organizadores del torneo pululando por el recibidor y los pasillos. Antes de pasar al paraninfo, que era como un teatro donde se jugaría el torneo, había que pararse en una mesa en la que dos señoras recibían a los competidores y les daban la tarjeta identificativa y una bolsa de tela con regalos de propaganda, folletos de La Laguna, un paquete de dulces típicos llamados laguneros y una botella de agua. Una de las señoras era rubia y le habían hecho una permanente de cordero; la otra, que era morena, llevaba una coleta apretada. A Marimbo le sudaban las manos y empapó la tela de la bolsa.

–Marimbo, en serio, ¿te pasa algo?

–Que no me pasa nada. Bueno, sí; estoy preocupada por Eladio.

Peón Blanco y Torre Negra pasaron a nuestro lado

y vaya sonrisita que nos echaron. La acompañaron con el gesto típico de la derrota: puño cerrado con el pulgar hacia abajo, como un «no me gusta» del YouTube.

De pronto Marimbo me agarró del brazo y me arrastró hasta la mesa de recepción, ya sin gente. Se acercó educada como nunca a las dos señoras y les pidió que la borraran del torneo porque no podía jugar. Ellas y yo la miramos como si fuera un monstruo de tres cabezas.

–¿Bromeas, guapa? –dijo la rubia.

–Imposible –añadió la de la coleta.

–Es por una causa de vida o muerte –dijo Marimbo angustiada.

–¿Y el justificante? –pidió la rubia.

–¿Qué justificante? –preguntó Marimbo.

–Sin un justificante que certifique esa causa de vida o muerte no es posible darte de baja a estas alturas del torneo –explicó la rubia.

–La primera ronda de partidas está cerrada desde ayer –dijo la morena–. Haberlo pensado antes.

Sentimos su latigazo de indiferencia como el pellizco de un alicate en la carne. No había nada que hacer. Mi hermana no insistió. Yo intuía problemas, pero le aconsejé que no pensara en Eladio, que ya nos ocuparíamos de él más tarde, y, bueno, le dije también que a por todas, que era la mejor y que estaba segura de que volveríamos a casa con la copa. Mientras yo buscaba a Sonic para sentarme a su lado, ella, como un reo hacia el patíbulo, subía al escenario del paraninfo. La suerte estaba echada.

# LA GRAN FINAL

**No sé cómo contar** esto. Todavía estoy petrificada, como en *shock*. Fue muy fuerte, un chaparrón radiactivo, un terremoto, el Teide mismo estallando y escupiendo lava. Pero hasta las cosas más raras, aquellas que nunca pasan, un día, de pronto, suceden. Bueno. A ver. *One, two, three...*

Marimbo ya se había subido al escenario, que estaba lleno de mesas. Cada mesa tenía su tablero, y cada tablero, sus piezas colocadas y ordenadas para empezar a jugar. Los espectadores podríamos ver bien el torneo porque se proyectaba en una pantalla gigante. Los jugadores estaban de pie, cada uno en su sitio, Marimbo frente a Peón Blanco, pálida como la tiza, no, más: pálida como la muerte. Bueno, es una frase hecha, lo sé, pero así la veía yo en esos momentos. Habló una voz por un micrófono tanto rato que el silencio del patio de butacas se volvió murmullo y después acabó siendo barullo. Solo los jugadores permanecían quietos y callados como estatuas. Luego sonó un himno; el torneo iba a empezar.

El árbitro pitó y los jugadores se sentaron. Como a Marimbo le habían tocado las blancas, debía abrir el juego. ¿Y qué hizo? Levantar la mano y llevarla hasta uno de sus peones. Pero no le pareció apropiado porque ni lo tocó. ¿Y qué hizo después? Poner la mano sobre otro peón, luego sobre otro, luego sobre el caballo…, en fin, que no se decidía por ninguna de las piezas. Ella me había dicho en una ocasión que empezar una partida de ajedrez puede ser algo muy sencillo o tremendamente complicado, un movimiento de gran responsabilidad que hay que pensar muy bien porque puede decidir quién sale vencedor. Pero ella dudaba demasiado. Desde mi butaca, yo contenía la respiración. Y entonces pasó algo prodigioso, empecé a ver a las personas como si tuviera

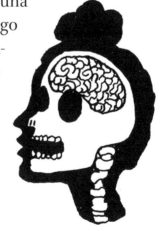

MARIMBO X

rayos X en los ojos. Podía distinguir el cerebro de Marimbo estrujando sus neuronas llenas de hilos y conexiones tal y como aparecían dibujadas en los libros, y también su corazón latiendo a toda mecha bajo la camiseta de flores. Y podía ver la cara impaciente de Peón Blanco disimulada bajo la expresión seria que tenía que poner. Sí, bueno, sé que parece increíble, pero así fue. Hasta que pasó lo del ataque: Marimbo, sin haber movido aún ninguna pieza, de pronto se quedó tiesa, apoyada en el respaldo de la silla, tiritando entre calambres y con los ojos en blanco. Y eso cambiaría el curso de la historia. O por lo menos el de nuestra historia.

Nunca la había visto así, el ataque parecía grave, y reconozco que me asusté. Peón Blanco también estaba espantado. Se puso de pie de un salto y retrocedió unos pasos. La silla se volcó hacia atrás. Ahora cualquiera podía ver su cara verdadera, no solo yo, y era como de no saber qué hacer, una cara de cobarde. Se detuvo el torneo. Se armó un revuelo general. En el techo del paraninfo había un mural pintado lleno de personas, como en la Capilla Sixtina, y de pronto sentí un alud, como si toda esa gente cayera sobre mí y me aplastara. Entonces me levanté de mi butaca y salí corriendo en estampida hacia el escenario. Subí sin preguntar si se podía y me lie a codazos para pasar porque lo único que me importaba en esos momentos era mi hermana. Ya la habían tumbado en el suelo pero seguía con el ataque, echaba espuma por la boca como un perro rabioso y los estudiantes de Medicina elaboraban su diagnóstico terrible.

–Epilepsia –dijo uno.

–Convulsiones –sugirió otro.

–A lo mejor es contagioso –advirtió un tercero.

–¡Que no se muerda la lengua! –dijo una chica

Hasta que, pasado un rato, Marimbo fue volviendo en sí, poco a poco, como si regresara de un viaje interestelar o de una anestesia de cuerpo entero.

–Lo siento –dijo incorporándose entre toses. A Peón Blanco, que ahora estiraba la cabeza por encima de los futuros médicos, le saltó un espumarajo–. Olvidé mi medicación en la residencia y tengo que tomarla sin falta. Así que si me disculpan...

Y nos fuimos. Tal cual, aunque parezca mentira. En la mesa de recepción, Marimbo entregó la bolsa de tela y la tarjeta de jugadora, que ya no necesitaba. Las dos señoras recogieron el carnet pero le dijeron que podía quedarse con la bolsa. Estaban avergonzadas. Yo no entendía nada, pero les dije antes de salir:

–¿Era o no era de vida o muerte?

Más adelante nos enteraríamos de que Peón Blanco fue el gran perjudicado del torneo, pues al faltarle la rival en la primera ronda, perdió oportunidades, tuvieron que recolocarlo en la segunda vuelta y, como todo eso le había desquiciado y estaba muy nervioso, no dio una y fue eliminado de inmediato. Reina Negra no lo hizo mucho mejor. En cuanto a la copa, si en algún momento supimos quién la ganó, enseguida lo olvidamos por completo.

# CONFESIONES Y RECUERDOS

**Pero aún me esperaba** otra sorpresa: resulta que Marimbo había fingido el ataque para escaquearse del campeonato. Súper Capitana Marvel Salvadora del Mundo dijo que Eladio era lo primero y que no podíamos abandonarlo. No es por hacerme la lista, pero a mí todo eso ya se me había pasado por la cabeza; tengo una hermana bastante teatrera. Ahora bien, lo de la espuma en la boca me tenía impresionada.

–Caramelos de *selz* –reveló–. ¿A que daba el pego?

Y sacó el envoltorio vacío.

–¿Me he perdido algo? –dijo Sonic–. Básicamente porque no sé de qué va todo esto.

–Es una larga historia. Quizá te la contemos muy pronto. Ahora, dinos: ¿sigues a nuestra disposición?

–Eso ni se pregunta.

–Pues nos gustaría volver a la sala de escape. Ayer no terminamos el juego y nos apetece acabarlo –dijo Marimbo guiñándome un ojo.

Se reía, hacía el tonto; los nervios y el miedo que la acompañaban desde que habíamos puesto el pie en la isla habían desaparecido del mapa. Volvía a tener ganas de hablar y, claro, lo soltó todo desde el principio de los tiempos: lo del complot para acabar con los libros juveniles, lo de que Eladio lo sabía, lo de que estaba prisionero en la sala de escape, y hasta lo de que se las ingeniaba para hacernos llegar leyendas guanches preciosas y llenas de sabiduría que, además, encerraban muchas pistas.

–Mira por dónde, la última nos ha llegado esta misma mañana a nuestra habitación. A saber quién ha colaborado con Eladio para que la recibamos. Y si de algo estoy segura es de que en esa leyenda nos está pidiendo ayuda.

Pero si yo pensaba que Sonic volvería a reírse de nosotras, me colé. Sacó unas gafas de sol de la guantera del coche y se las puso, aunque no había demasiada claridad aún, y yo pensé maliciosamente que a lo mejor quería ocultarnos la mirada.

–Adelante, vayamos a la sala de escape –dijo–, claro que sí. Y me animaré a entrar con ustedes para ver por mí mismo todo eso de lo que hablan. Básicamente porque tengo una teoría: no vale que te lo cuenten; para estar seguro de algo, hay que ir al lugar donde sucede y comprobarlo.

–Estoy tan de acuerdo con eso como si lo hubiera dicho yo –remató Marimbo.

Y nos pusimos en marcha. En poco más de una hora ya habíamos llegado y aparcado el coche en el mismo sitio del día anterior, junto a una parada de guaguas y a los pies de imponentes barrancos. Subimos por la misma calle empinada y, mientras Sonic se adelantaba para negociar el precio de la entrada con Calamidad (o eso dijo), Marimbo me llevó aparte. De pronto tenía la cara de las ocasiones solemnes: la vista fija en las uñas de sus dedos, la boca arrugada en forma de corazón.

–Enana, verás –empezó–, tengo que confesarte algo. Eladio me preocupa, cierto, pero no he abandonado el campeonato solo por él. Es decir, no es la razón principal.

–¿Ah, no?

–No. Hay otro motivo mucho más fuerte. –Tragó saliva e hizo tanto ruido que pensé que tuvo que dolerle en la garganta–: no sé jugar al ajedrez.

Lo pongo así, del tirón, porque fue como lo soltó ella. Me quedé fosilizada. Le dije que si me estaba tomando el pelo.

–Ojalá –me contestó–, pero es así. No tengo ni idea. Sé mover las piezas y ya. Por eso estaba tan agobiada, porque sabía que se me iba a notar y que haría un ridículo espantoso.

Bueno, aquello era la última revelación que esperaba oír: la campeona de ajedrez de su universidad que no sabe jugar al ajedrez. Un cuento imposible, el mundo al revés.

–Pero entonces… –balbucí–, todos esos consejos…

–¿Te refieres a las lecciones de vida? –dijo, y señaló la mochila donde guardaba el libro *Ajedrez básico* mientras se encogía de hombros con tristeza.

Sí, claro, a eso me refería. A todos esos consejos con los que me había estado llenando la cabeza, y que ahora no tenían valor. Frases vacías, copiadas, como una felicitación de cumpleaños reenviada infinitas veces por WhatsApp. Entonces le dije que me *encantaba* que me hubiera engañado hasta el último momento.

–Lo siento, perdóname, pero es que no sabía cómo salir de ese embrollo. Me parecía que ocultándote la realidad, me la ocultaba también a mí misma. Es terrible que las personas a veces se pongan trampas en las que luego se quedan atrapadas sin remedio. Y eso me ha pasado a mí.

Entonces le pregunté cómo había dejado que el asunto se le fuera tanto de las manos y ella, como respuesta, me contó la historia completa, desde el principio.

YO FOSILIZADA

# LA HISTORIA

**Eso es, desde el principio**. Y ahora yo, Marimbo, la contaré aquí como se la relaté a ella. Mientras le hablaba, los ojos de la Enana se iban redondeando y agrandando tras los cristales de sus gafas. Porque mi hermana lleva gafas, algo que odia, y además tiene el pelo castaño, muy liso, la piel de la cara sin una sola marca y los dedos de las manos tan finos y largos como los de un pequeño lémur de Madagascar. Y con esto añado a la novela un elemento importante: la descripción del personaje principal.

La historia empieza una tarde lluviosa en una calle estrecha de esas con los contenedores siempre llenos que parecen olvidadas hasta por el camión de la basura, a la hora en la que los comercios cierran la persiana, las dos o tres farolas se iluminan y las ventanas de los bares se empañan. Bajo una marquesina de autobús, una mujer se resguarda de la lluvia. No es necesario que la describa, ya que se trata de un personaje fugaz, de esos que tras hacer su función en la historia, desaparecen del relato y no volvemos a saber de ellos.

–Eh, chica –me llamó de pronto–. ¿Tienes una moneda?

Al principio pensé pasar de largo, pero la mujer insistió:

–Por una moneda te vendo un sueño.

La frase era de lo más tentadora. Mientras buscaba un euro en mi cartera, la buena mujer sacó unas cartas de tarot.

–Coge una –me pidió.

Y yo elegí una al azar, que resultó ser el ocho de copas. Pero era muy curioso, pues cada copa parecía un peón de ajedrez. La carta se completaba con la figura de un hombre, un anciano o un vagabundo, que caminaba apoyado en un bastón.

–Copas... Ocho de copas... –dijo la extraña mujer como si recitara en misa–. No es una carta

LA ENANA DE MADAGASCAR

fácil, pero de ti depende que te favorezca o no. Las copas simbolizan las emociones. Vas a experimentar algo nuevo, vas a viajar largas distancias. Ten la mente abierta y con cada trayecto que hagas crecerás como persona.

—¿Y el vagabundo? ¿Qué significa? —pregunté cada vez más intrigada.

—Es un individuo que se aleja de su vida rutinaria y confortable para adentrarse en un terreno difícil. Puede que seas tú o puede que sea otra persona. Sea quien sea, resultará decisivo en tu vida.

Había dejado de llover. Antes de irse, la mujer guardó la baraja y extendió la mano limosnera. Entendí que un euro no me daba derecho a más preguntas.

Al día siguiente un cartel clavado en la pared de la universidad me embistió como una ráfaga de viento huracanado. La Facultad de Bellas Artes convocaba un torneo de ajedrez. El ganador viajaría a Tenerife para participar en la gran final, un campeonato a nivel nacional de bastante categoría. Lógicamente, el recuerdo del ocho de copas se me presentó con toda la fuerza de las premoniciones: las copas que parecían peones, el viaje de larga distancia…, y entendí que tenía que apuntarme, ¿qué otra cosa podía hacer? Que no supiera jugar no me pareció un problema, faltaba un mes para el encuentro, tiempo suficiente para aprender.

Pero los días iban pasando y, cosa rara, nadie de Bellas Artes se apuntaba. Claro que me extrañaba, y mucho, y me decía que acaso sería porque el ajedrez es pensamiento racional, y el arte, sentimiento subjetivo, dos conceptos tan alejados como África del Polo Norte. Sabía que no era una razón de peso, pero no conseguía encontrar otra mejor. Así que un día por otro yo iba dejando la tarea del aprendizaje para más adelante. Al final el torneo se suspendió por falta de participantes. Pero como en la facultad había un dinero destinado a ese proyecto, fui nombrada campeona y seleccionada para la gran final.

Tendría que haber renunciado, lo sé, pero la tentación del viaje era demasiado poderosa. Y además estaba lo del tarot, al que no quería llevarle la contraria.

Todavía tenía tiempo de aprender los mecanismos del juego, o eso pensaba yo, pero de nuevo dejé correr los días agobiada con asuntos inminentes: los exámenes, algo de deporte, el trabajo de monitora... Cuando me encontré con el campeonato encima ya era demasiado tarde. El resto, Enana, lo conoces igual que yo.

Así contó Marimbo la historia, con la voz un poco ronca. Conociéndola como la conozco, no me costó mucho ponerme en su lugar. Le dije que la entendía. Y era verdad. Ahora tenía la cara colorada, como de fiebre, y lloraba, de pronto se había echado a llorar. Pero se secó las lágrimas y me dijo que no me preocupara, que era el desahogo final, una explosión lógica después de tanta angustia contenida. Entonces la abracé y ya no me importó lo del engaño porque volvía a ser mi hermana de siempre, a la que yo admiraba, escuchaba, imitaba y, sobre todo y por encima de todo, amaba.

# DE NUEVO EN EL INFIERNO

**Por lo que pude** comprobar, una sala de escape solo es divertida la primera vez que vas. Luego, como te lo sabes todo, ya no impresiona. Por eso no entiendo que la gente repita. Nuestro caso, en cambio, era diferente: teníamos una misión importante, que era llegar hasta Guañameñe, pues suponíamos que eso sería lo mismo que llegar hasta Eladio. Ni que decir tiene que pasamos de disfrazarnos con los tamarcos, que rechazamos el discurso de Calamidad y que no hicimos el paripé de creernos conquistadores castellanos. Pero no pudimos pasar de los 65 euros (ni uno menos), que tuvimos que apoquinar entre los tres.

El mismo recorrido, las mismas pruebas. Hace gracia comprobar que los juegos de ingenio más difíciles parecen sencillos cuando te los sabes, como cuando se ha jugado mucho al Trivial o como cuando te sabes los trucos de magia o la solución de las adivinanzas. Y hablando de adivinanzas, ahí va una:

«¿Qué animal es más fiero que el león?».

Me acuerdo como si fuera ayer. Venía en un libro de Gloria Fuertes. Yo tenía cinco años y Marimbo, con él, me estaba enseñando a leer.

–¿El tigre? –le dije.

–No, no. El tigre no.

–¿El cocodrilo?

–Qué va. El cocodrilo tampoco.

Para que no pudiera leer la solución, Marimbo arrancó esa página y dijo que tenía que esforzarme. Lo intenté durante mucho tiempo, cantidad de animales se me ocurrieron a lo largo de los días: el oso, el hipopótamo, la boa constrictor, el tiburón..., sin acertar la respuesta. Hasta que me hice mayor y la adivinanza dejó de interesarme.

–«Último destino: Guarida de Guañameñe», pone aquí –dijo Marimbo sacándome de mis pensamientos.

Genial. Eso quería decir que estábamos a un paso de la casilla de meta, en la que, se suponía, encontraríamos a Eladio o algún camino para llegar hasta él. Pero de nuevo había que resolver acertijos y mensajes y cryptex y códigos secretos y...

Uf. De pronto pensé que estaba harta de andar a la carrera por ese circuito de pruebas como si fuera mi hámster corriendo entre los obstáculos de su jaula. Sí, estaba cansada de rompecabezas ingeniosos, de líos mentales a contrarreloj que me acababan poniendo entre histérica y estresada, y eché de menos la paz y la calma de un buen libro. De mis libros. De los que estaban desapareciendo. Era un drama. Si desaparecían, esos buenísimos momentos de lectura desaparecerían también, y cambiarlos por actividades frenéticas nos convertiría en niños hiperactivos, incapaces de concentrarnos en nada, engullidos por la velocidad de la vida, devoradores de imágenes rápidas y poco saludables como una hamburguesa del McDonald's.

Y en esas estaba yo, pensando en lugar de ayudar a resolver el último juego, hasta que de pronto:

–¡Por fin! ¡Ya era hora! –exclamó Marimbo.

Porque al resolver el mensaje final había aparecido en la pared la silueta de Guañameñe como si fuera una pintura rupestre, y sobre ella estas palabras:

¡ENHORABUENA!
HABÉIS TERMINADO EL JUEGO CON ÉXITO
ESPERAMOS VOLVER A VEROS POR AQUÍ

Pero de Eladio, ni rastro. Y tampoco de Calamidad, que nos esperaba fuera. ¿Querría escaquearse de devolvernos nuestro veinte por ciento? Entonces Marimbo va y saca con mucho misterio un papelito doblado que había encontrado dentro, no sé cuándo, no sé dónde, y nos lo enseña como si fuera el plano de un tesoro.

## Cuarta leyenda guanche:

## El final de Bentor, el último mencey de Taoro

Durante la conquista, el menceyato de Taoro estaba gobernado por Bencomo, el venerado Rey Grande. Cuando lo hirieron de muerte en el campo de batalla llamó a Bentor, su único hijo varón, y le habló en estos términos:

—Hijo, recibe la añepa de nuestros antepasados. Ahora es tuya porque a mi muerte tú serás coronado mencey.

Bentor apretó la mano de Bencomo y se acercó cuanto pudo para oír su temblorosa voz.

—Escucha los consejos del tagoror de sabios —siguió Bencomo—, y guía y protege a tu pueblo.

—Juro, padre, que imitaré tus acciones —dijo Bentor con lágrimas en los ojos.

—Y recuerda, hijo mío, estas palabras: ante el invasor, victoria o muerte; es la ley guanche.

—Sí, padre, lo recordaré.

Bencomo se encomendó a Achamán y acto seguido murió.

Enterado el capitán castellano Alonso Fernández de Lugo del nombramiento del nuevo mencey, mandó a un emisario que conocía la lengua guanche a negociar con Bentor. Le proponía que se rindiera y entregara el territorio de Taoro. Él a cambio le compensaría con ciertos privilegios para su gente y para él.

Bentor no olvidaba las palabras de su padre y su respuesta fue rotunda:

—¡Jamás!

El mencey preparó una emboscada. Reunió un ejército con los pocos guerreros que quedaban y los armó con banotes* y cuchillos de pedernal. Para protegerse llevaban los escudos fabricados con la madera del drago sagrado y milenario. Fue una batalla sangrienta que se convertiría en la última gran derrota de los guanches. Estos, diezmados y acorralados, se refugiaron en los barrancos de Tigaiga, donde Bentor, antes que verse sometido a los conquistadores, decidió poner fin a su vida lanzándose al vacío desde un alto. La guerra estaba a punto de terminar. Tenerife, la última de las islas conquistadas, dejaba de ser territorio guanche para siempre.

Se me hizo un nudo en la garganta. A estas alturas ya habíamos aprendido a descifrar los mensajes que Eladio nos mandaba a través de las leyendas, y si él en la anterior era Guañameñe, en esta desde luego era Bentor, y de nuevo habíamos llegado demasiado tarde.

Pero entonces escuchamos unas palabras que fueron como un ataque de avispas asesinas, y habían salido de boca de Sonic:

–Esto es más grave de lo que yo pensaba. Hay que hacer algo. ¡Y pronto!

Nos quedamos de una pieza. ¿Habíamos oído bien? Sonic el mentiroso se acababa de manifestar, como un espíritu en una sesión de ouija.

–¡Japristi! –dijo Marimbo, que solía inventarse palabras cuando estaba muy muy alborotada.

Sonic la miró. Parecía avergonzado, como pillado en falta.

–También la mía es una larga historia. La contaré en su momento, pero ahora no hay tiempo que perder, Eladio es lo primero.

Y entonces quiso acariciar la cara espantada de Marimbo, pero antes de que pudiera tocarla, ella la retiró.

–Por favor... –su tono era de súplica–, por favor..., no voy a defraudarlas nunca más, lo prometo, confíen en mí.

–O nos explicas qué está pasando o... –dijo Marimbo.

–Ahora no. Insisto; acabo de darme cuenta de que Eladio está en peligro, y espero que estemos a tiempo de salvar su vida.

Pues vale. Teníamos que creerle. Tal y como se habían puesto las cosas, no nos quedaba otra opción. Así que Marimbo no tardó mucho en contestarle:

–De acuerdo. ¿Qué tenemos que hacer?

Sonic respiró aliviado.

–Por aquí –dijo volviendo a la sala de escape–. ¡Síganme!

Y eso hicimos.

# ¿QUIÉN ES ESE GIGANTE?

**Seguimos a Sonic** por corredores oscuros que ya no eran de la sala de escape y que el muy ladino conocía bien. Menudo traidor. Nuestra empanada mental por el descubrimiento era superlativa, a pesar de que yo ya lo había sospechado, porque a saber si eso de que estaba arrepentido era verdad. Por lo pronto había dos voces dentro de mí que no se ponían de acuerdo. Una me decía:

«Bueno, Enana, acertaste, Sonic estaba en el complot. ¿Cómo te sientes? ¿Te harás la importante con tu hermana? Pero no te confíes, que sigue engañándoos».

Y la otra, una voz que yo imaginaba pronunciando mucho las eses, como las heroínas de Disney, replicaba:

«Sonic parece una buena persona. Tranquila, todo saldrá bien. Cierto que estaba en el complot, pero ha cambiado de idea, que es lo que importa, y ahora quiere salvar a Eladio».

«¿Te vas a dejar convencer? –siguió la primera voz, que yo imaginaba con un collar de perro peligroso alrededor del cuello–. Todo el tiempo dudando de él y cuando por fin se desenmascara, decides que es un buen chico. Vamos, yo es que me parto. Sonic miente y os está llevando a su terreno. Os habéis entrometido demasiado, estáis de porquería hasta las cejas y tiene que librarse de vosotras.»

Mientras tanto Sonic buscaba a Eladio por aquí y por allá. Nosotras íbamos detrás. Aquello que por fuera nos había parecido un chamizo en medio de una calle era en realidad un búnker que se extendía por el interior de la montaña perforada. O un mundo subterráneo, como el de Alicia. Solo que aquí no había conejo blanco con prisa, ni sombrerero loco, ni gato de Cheshire. Solo oscuridad, y Marimbo tuvo que echar mano de la linterna frontal que siempre lleva en la mochila. ¿Teníamos miedo? Y tanto, pero no dejaríamos que Sonic lo notara.

–Lo que me temía –dijo él parado delante de un cuartucho enano, sin pintar, y que ni siquiera tenía puerta–, aquí tampoco está, no aparece por ninguna parte. ¡Ay, Dios! Se lo han llevado, y mucho me temo que hayan sido...

–¿Calamidad? –interrumpimos nosotras.

–Néstor y Calamidad. Los dos. Los villanos, como los policías, nunca actúan solos.

Se cruzó de brazos, cabizbajo. Parecía tan hecho polvo que era imposible que mintiera y la voz de heroína insistía en defenderle: «Fíjate en él, está desesperado, ¿no lo ves? Le tiembla hasta el tatuaje del tobillo». Marimbo dirigió la linterna hacia el cuartucho y fueron apareciendo a la vista las pocas cosas que allí había: una silla, una mesa, restos de comida, un paquete de folios, un Pilot...

Pero entonces todo se iluminó de repente con una luz muy fuerte que llegaba del fondo del pasillo, y como avanzaba y se nos venía encima, Sonic reaccionó.

–¡Alto! ¡Detente! –dijo poniéndose delante de nosotras para protegernos y levantando la mano con los cinco dedos separados.

La luz se paró a dos palmos de él. Era tan potente que nos deslumbraba y no nos dejaba ver nada. Pero podía adivinarse la presencia de algo o alguien muy grande montado en un carricoche o lo que fuera aquello que emitía la luz. Y entonces retumbó una voz, que sonaba rara, como cuando se oye un sonido bajo el agua.

–¡Qué sorpresa! Sonic el Magnífico magníficamente acompañado.

–¿Dónde está Eladio? –dijo Sonic.

–Tururú –respondió la cosa grande que no veíamos.

–Soy su cuidador, soy responsable de su seguridad, y tengo que protegerlo.

La cosa grande soltó una carcajada que se repitió varias veces por el eco.

–Jaaa..., jaaa..., jaaa... ¿Acaso estás de pitorreo? ¿Ahora piensas en Eladio? Qué consideración.

–Tengo derecho a saber qué ha sido de él.

–¡Tú ya no tienes derecho a nada! Por lo que veo estas chicas que te acompañan te han atontado y te has pasado al bando contrario. ¡Cretino! Pero ¿quieres que te diga algo? No me extraña. Nunca me fie completamente de ti. Siempre me pareciste un engatusador y un embustero.

«¿Qué te dije? Sonic no es trigo limpio para nadie, ni siquiera para los del complot, porque el que no es, no es», oí a Perro Peligroso levantando de nuevo la voz en mis adentros.

–Hay una explicación –dijo Sonic–: he cambiado de opinión básicamente porque ustedes han cambiado de estrategia.

–Oh, qué lindo. ¿Acaso has leído un catálogo de frasecitas tontas, o qué? –bufó la cosa grande.

–Así que responde –prosiguió Sonic–: ¿dónde está Eladio? ¿Qué han hecho con él?

–Buena pregunta. ¿Tú qué harías con un hombre testarudo que se niega a colaborar y que además sabe demasiado de lo que no le incumbe? Y puestos a preguntar, ¿qué harías con un desertor? Los desertores son perseguidos, detenidos, torturados...

–¿Me estás amenazando?

–¡Por supuesto! –rugió el gigante–. ¡Igual que a él! Pero no funcionó. No quiso colaborar ni bajo coacción.

–¿Y qué esperabas? Yo ya os lo avisé, conozco a Eladio y sabía que jamás trabajaría para el proyecto.

–Sí, muy testarudo. Y valiente. También mostró coraje el vejete, no tuvo miedo...

–¡¿*Tuvo?!* –chilló Sonic–. Exijo saber dónde está, y tú, señor Sholen, vas a pagar por esto, te lo aseguro.

–No te confundas; yo diría *vamos.* Si caigo yo, caeremos todos. Tú estás tan enfangado como los demás.

–¡Mientes! ¡Yo no soy como tú, nunca haría daño a Eladio!

El gigante puso voz melindrosa.

–Ni yo. Pero qué culpa tengo de que un anciano se vaya de paseo por un lugar peligroso y se despeñe. –Volvió a soltar sus carcajadas con eco–. No, nada me compromete. Nadie sabe que ha estado aquí.

–¡Yo sí! –dijo Sonic–. Te denunciaré.

–Eso te delataría, amigo. Y, por otra parte, ¿con qué pruebas?

Entonces Sonic tuvo una reacción: sacó a Sonic el violento y por su cara deduje que estaba decidido a todo.

–¡Aparta! –bramó–. Nos vamos ahora mismo a rescatarle.

Pero el gigante no se movió. Pasaron instantes intensos. La batalla se olía y se mascaba. Una duda planeaba en mi cabeza: ¿cómo lucharían dos seres tan diferentes? ¿Un chico normalito contra algo bien grande que no parecía humano, y para colmo los dos desarmados? ¿Desarmados dije? Bueno, me equivoqué. Sonic sacó su móvil y en décimas de segundo activó una aplicación que apagó las luces del carricoche. Menos mal que en esa cueva había cobertura. Ahora la linterna de Marimbo era la única fuente de luz y pudimos contemplar la cosa grande a la que Sonic había llamado señor Sholen. Y era..., madre mía, todavía me cuesta creerlo. Era un superhéroe XXL, o alguien metido dentro de un traje de superhéroe, un gigantón con musculatura metálica de color negro y guantes hasta el codo y botazas y antifaz negro y una capucha negra con dos orejas puntiagudas de gato. Si quería que nos rechinaran los dientes, que nos temblaran las rodillas y que se nos pusiera la carne de gallina, lo había conseguido.

El traje, al igual que el carricoche, estaba lleno de accesorios. El señor Sholen contraatacó intentando alcanzar a Sonic con alguno de sus muchos *gadgets*, pero, ah, aún no sabía que se la estaba jugando nada menos que con el futuro científico que colaboraría en la invención de la tecnología 10G. Sonic activó la aplicación con la que su móvil detectaba los *gadgets* ajenos antes de que se mostraran, y así pudo adelantarse y esquivarlos. Hurra.

Estábamos refugiadas en el cuartucho, pues ahí el carricoche no podía entrar, así que desde el agujero que hacía de puerta mirábamos la pelea con los ojos fuera de las órbitas. Lo mismo el señor Sholen activaba una *checklist* (de ese nombre y de otros me enteré más tarde) para localizar los puntos flacos del adversario como Sonic utilizaba su dispositivo cortafuegos que hacía de barrera ante las aplicaciones del enemigo. Si el señor Sholen lanzaba radiaciones asesinas, Sonic se metía en una campana de ondas electromagnéticas que las rechazaba. Si el señor Sholen movía su carricoche para atropellarle, Sonic abría una app con la que se convertía en un insecto virtual y podía usar sus mismas tácticas de escamoteo. Y, en fin, así con todo. De locos. La pelea se alargaba. Los contrincantes estaban igualados. No se adivinaba un vencedor. Marimbo y yo empezábamos a estar más que fastidiadas. No sé por qué, a lo mejor por salir un poco de ese bucle, me volvió a la cabeza la adivinanza de Gloria Fuertes, la que no pude solucionar, y me entró el ansia por conocer la respuesta.

–Marimbo... –dije.

–¿Qué?

–¿Te acuerdas de esa adivinanza que me leíste de pequeña?

–¿Cuál?

–Decía: «¿Qué animal es más fiero que el león?». ¿Te acuerdas? No conseguí resolverla.

–Ah, sí –dijo sin quitar la vista de la pelea–, claro que me acuerdo. La solución era muy simple. El lepintan es más fiero que el león.

–¿El lepintan?

–Sí. ¿No has oído esa frase que dice: «No es tan fiero el león como le pintan»? Una respuesta sencilla e ingeniosa, muy de Gloria Fuertes.

Respiré muy hondo. Ni en mil años estrujándome la cabeza habría sido capaz de adivinarla. Y entonces pensé en lo absurdo de ciertas situaciones, en lo fáciles que son a veces las cosas y lo complicadas de resolver que nos parecen, y así como lo pensé se lo comenté a Marimbo. Entonces ella chasqueó los dedos y dijo que se le acababa de encender una bombilla. Acto seguido sacó el paraguas plegable que suele llevar en la mochila y metiéndose decidida en medio de la pelea le puso la mangadilla a la rueda delantera del carricoche. La llamo mangadilla porque en lugar de la zanca, usó el mango del paraguas. El carricoche se tambaleó y se fue hacia un lado. Entonces los tres a una aprovechamos para empujarlo. Hasta que se volcó y cayó con un estruendo de cencerros y de platos rotos, y el superhéroe cayó con él y quedó debajo, atrapado entre los hierros, entre los cables que soltaban humo y chispas como si de un momento a otro el aparato fuera a explotar. El señor Sholen apenas podía moverse dentro de su traje y berreaba pidiendo ayuda, y como no le hacíamos caso, empezó a insultarnos y a amenazarnos. Pero ahí le dejamos, sin una pizca de remordimientos. Bien mirado daba entre risa, repelús y pena.

–Marimbo, si contamos esto nadie nos creerá –dije yo.

–Lo que es increíble es que existan personas dispuestas a descargarse ¡todo!, hasta las aplicaciones más extravagantes.

Sonic dijo:

–¡Vamos, de prisa!

Y echando a correr hacia la salida, en poco rato llegamos al aire libre.

# LOS BARRANCOS DE TIGAIGA

**Subimos al coche** como flechas (después de tener que empujar) y enfilamos hacia el norte. Por lo que Eladio contaba en la última leyenda, Sonic imaginaba dónde podía estar: en un macizo de montañas con escarpados barrancos llamado Tigaiga, a poca distancia de allí. Volvieron las curvas. La carretera de montaña zigzagueaba como el vuelo de una mosca pegajosa de verano. De vez en cuando pasábamos junto a grupos de casas construidas en cuestas imposibles. Aunque aún no habíamos comido, era ya la hora de la siesta y no se veía un alma. Al final llegamos a un lugar elevado llamado el mirador de El Lance, desde donde se disfrutaba de una panorámica de lujo del norte de Tenerife, y donde Sonic decidió aparcar. Por el cielo desfilaban parapentes que a ratos desaparecían y luego volvían a aparecer tras las montañas. El cielo estaba despejado y el sol era radiante, un buen día para volar.

–¡Ostras! –dijo Sonic nada más bajar del coche–. Hemos acertado, miren allí: la moto de Calamidad.

El aparato en cuestión era desde luego como para pararse a mirarlo: un modelo chulísimo con sidecar que yo solo había visto en las películas. Pero lo que ahora nosotras mirábamos impresionadas no era la moto, sino la escultura, en el centro del mirador, de Bentor, el mencey que prefirió lanzarse al vacío antes que entregarse a los conquistadores, el protagonista de la cuarta y seguramente última leyenda guanche. Era una estatua imponente, un hombre corpulento de bronce oscuro. Estaba desnudo, sin taparrabos ni capa, y miraba desesperado al cielo con los puños cerrados sobre su cabeza, porque sabía el futuro que le esperaba a su pueblo y lo poco que le faltaba a él para morir.

Junto a la estatua, Marimbo y yo nos dimos la mano como en homenaje, con los ojos pesados, a punto de llorar. Por Bentor y por su padre Bencomo, y por Guañameñe, y por toda la raza guanche sometida y poco a poco exterminada. Entre tanto, Sonic no paraba con el móvil. Se había puesto auriculares y mandaba y recibía constantes mensajes de voz. ¿A quién? Ni repajolera idea. Pero dijo algo que hizo que nos olvidáramos de Bentor por un momento y volviéramos a nuestro presente problemático:

–Sí. Recogido el mensaje. Estoy acompañado. Vamos inmediatamente para allá.

Se acercó y nos miró con la cara descompuesta. Que sabía dónde estaba Eladio. Que se había enterado a través de un chat de parapentistas. Que lo habían visto al borde de un barranco desde donde a veces ellos saltaban. Que lo identificaron por las zapatillas color lima, que se veían desde lejos. Que si no nos dábamos prisa, lo próximo que sabríamos de Eladio sería la fecha de su muerte.

Así que nos fuimos sin perder tiempo hacia el barranco en cuestión. Pero no por una pista ni por caminos, sino por un atajo entre peñascos y terraplenes, todo monte a través. Y vaya movida con los cactus y con los arbustos, que a veces eran tan grandes que no los podíamos esquivar ni saltar. Sonic iba pendiente de nosotras todo el rato, no piséis ahí, dadme la mano, os ayudo, cuidado con ese talud... Marimbo, en cambio, solo se preocupaba de que yo no me cayera, de que no me accidentara, y ahora, cada vez que pienso en ello, agradezco la suerte tan grande que es tener una hermana.

Por fin pudimos ver a Eladio a lo lejos, bueno, le vi yo primero, y me pareció más encorvado y anciano que antes. Estaba agarrado a su añepa y de cara al horizonte, que era el mar. A sus pies se extendía el abismo inmenso. «¡Allí, allí!», grité. Y empezamos todos a vociferar: «¡Eladio, Eladio!». Pero no nos oía, estaba demasiado lejos y con el viento se perdía nuestra voz. Entonces Sonic se dio la vuelta y miró muy fijamente a Marimbo a los ojos.

–¿Sabes conducir? –le preguntó.

–Anda, claro.

–Pues toma –le dio las llaves del coche–. ¿Sabrán regresar al aparcamiento si no vuelvo? Voy a intentar salvar a Eladio y a lo mejor no nos vemos nunca más.

–¡Yo voy contigo! –saltó Marimbo.

–Ni hablar. Es demasiado peligroso. Además, está tu hermana.

Entonces ella me miró y reparó en mis brazos como mapamundis de sangre y miró los suyos, que estaban igual, y calculó la caída en picado de varios cientos de metros a nuestros pies. Entonces se puso de puntillas frente a Sonic, le echó los brazos al cuello y le abrazó superfuerte como si le fuera a estrangular y los tres nos quedamos en silencio. Sonic sonrió un poco alelado y dijo que si ella le prometía otro abrazo como ese, él le juraba volver incluso del otro mundo para recibirlo.

Pues eso, que nos quedamos donde estábamos. Mientras esperábamos con el corazón encogido y los ojos muy abiertos a que Sonic llegara hasta Eladio, me volvió a pasar otro fenómeno parecido al del paraninfo de la universidad: a pesar de la distancia, distinguía a Eladio tan claramente como si estuviera en el sofá de casa viendo por la tele una película en 3D. No sé, a lo mejor tengo superpoderes. O igual es por las gafas, que me dan vista de lince. Vi que Eladio se agachaba, se desataba despacio las zapatillas, se las quitaba y las dejaba a un lado. Vi que daba unos pasos hacia el borde del barranco. El viento le movía los pantalones, ah, cómo me asusté, cómo nos asustamos las dos. Sonic había desaparecido, perdido entre la maleza. «Corre, date más prisa o no llegarás a tiempo», creo que le gritábamos inútilmente, sabiendo que no nos podía oír. Luego vimos a un chico que se acercaba a Eladio: era Calamidad. A Marimbo un insulto le salió del alma y lo repitió va-

rias veces, como si fuera el único que se sabía. Pero enseguida sacó su móvil y se puso a grabar la escena con el zoom a tope para que quedara constancia de lo que estábamos a punto de presenciar, y eso sí que fue marcar un triple. Calamidad se agenció las zapatillas de Eladio y tranquilamente las cambió por las suyas, que estaban apestosas y que fueron directas al barranco. Luego hizo con las manos plis plas y se retiró de la escena. Antes de desaparecer, Eladio le había mirado un momento, solo un instante, con la indiferencia o la resignación de quien ya lo ha vivido todo y está de vuelta de demasiadas cosas. Y entonces, sin soltar su añepa y ante nuestros horrorizados ojos, se lanzó al vacío y en la pantalla del móvil solo quedó el barranco espantoso y solitario, sin Eladio.

# OTRO POCO DE FLASHBACK

**Pero dejemos a la Enana** y a mi menda con los ojos horrorizados y retrocedamos de nuevo en el tiempo, concretamente a la noche anterior al campeonato. O sea, la de ayer.

Sí, era de noche, una noche de gran luna que Eladio, encerrado en aquel cuartucho de la sala de escape, no podía ver. Hacía frío. Se acurrucó en el suelo, apoyado en la pared, con las piernas encogidas. Le costó coger postura, aunque no era ni con mucho el peor lugar en el que había estado, pero notaba que cada vez le costaba más adaptarse por culpa de su edad. Se rascó la cicatriz. A veces le picaba, en particular cuando, como ahora, le empezaba a asomar la barba. Escondió la cabeza entre los brazos y recordando lo fácil que le había resultado camuflar un rato antes su colgante y la leyenda de los tibicenas, se fue quedando dormido. Estaba satisfecho. Lo más probable fuera que nosotras, la Enana y yo, consiguiéramos seguirle el rastro y entonces nuestra ayuda estaría cada vez más cerca. Eladio sonrió pensando en un final inmediato y feliz… Aunque también existía la posibilidad de lo contrario, para qué engañarse, y eso significaría el fracaso de su estrategia, quedarse solo ante el peligro, rematadamente… so… lo…

De pronto notó un golpecito en el hombro acompañado de una voz conocida, y se despertó.

–Eladio, Eladio. ¿Cómo estás?

–¿Sonic? ¿Eres Sonic? –dijo él levantando la cabeza–. Pero ¿qué haces tú aquí, muchacho?

Sonic miró los folios de encima de la mesa. El señor Sholen le habría mandado llenarlos con esa sabiduría guanche que Eladio poseía en cantidades infinitas. Pero el paquete, aunque estaba abierto, parecía intacto. Mala señal.

–He venido para comprobar que estás bien, que no te ha pasado nada grave.

–¿Cómo me has localizado? Esto no es Santa Cruz.

Sonic dio un golpecito al bolsillo de la bermuda, donde guardaba el móvil.

–¿Todavía no sabes lo que estos aparatitos son capaces de hacer? Hay aplicaciones y dispositivos para casi todo. Solo necesitas muchos datos y montones de gigabytes de memoria RAM.

—Ya —dijo Eladio. Pero se notaba que toda esa información le resbalaba—. ¿Y has entrado sin problema?

—Sin problema. La puerta tiene una apertura manual de emergencia y la he usado. Además, he hecho un barrido electrónico para no ser detectado. No me ha visto nadie.

Y así era, porque, entre otras cosas, a esas horas nadie había. Néstor y Calamidad estarían en su piso compartido, o en alguna pizzería comiendo pasta y bebiendo Coca-Cola hasta reventar. A Sonic no le gustaba demasiado mezclarse con ellos, prefería trasnochar en su propia casa con sus consolas de videojuegos ultradifíciles aptos solo para *gamers* de habilidades extraordinarias, como él. Pero ¿y el señor Sholen? La vida del jefe era una incógnita. Nadie sabía dónde estaba en ningún momento del día, ni dónde vivía, ni si tenía familia, ni si era joven o viejo, porque su aspecto verdadero era un misterio. Pero quien le conocía un poco no ignoraba su gran ambición ni que para satisfacerla era capaz de cualquier cosa.

—Entonces ¿nos vamos? —dijo Eladio levantándose del suelo y agarrando su bastón.

Sonic titubeó.

—Eh..., esto..., verás... Creo que no va a ser posible.

Eladio arrugó la cara, más si cabe, y le miró fijamente a los ojos.

—Tú sabes algo de todo esto... Tú estás metido en el complot.

—Mira, Eladio, es muy difícil y muy largo de contar, y ahora no tenemos tiempo. No he venido a sacarte. Solo quería asegurarme de que estabas bien, y preguntarte si necesitabas algo.

—Bueno, ya que lo mencionas, necesito ir al retrete, aún no estoy tan chocho como para mearme encima —dijo Eladio con cierta acritud.

—De acuerdo, yo te acompaño.

—Puedo ir solo, demonios. Sé donde está. Como comprenderás, he ido varias veces en el tiempo que llevo aquí encerrado. Por cierto, ¿tú sabes cuánto ha pasado?

—Apenas un día.

—¡Cielos! ¿Solo uno? Se me ha hecho largo de veras.

—Eladio —dijo Sonic—, tus amigas, las dos hermanas, fueron al hogar de ancianos y preguntaron por ti. Las tienes muy preocupadas.

Eladio sonrió enseñando su boca sin dientes.

—Ah, qué muchachas. Pienso mucho en ellas. Les fallé. Estábamos citados y ya ves, les di plantón. Son magníficas.

—Sí que lo son —afirmó Sonic sin poder disimular un gesto de admiración y entusiasmo.

Eladio no lo pasó por alto.

–Ya que no me voy contigo, a lo mejor podrías entregarles una cosa de mi parte.

Entonces escribió la tercera leyenda guanche, y una vez escrita, dobló el folio varias veces y se lo dio. (Sonic aún desconocía la existencia de las anteriores leyendas, y también que, a través de ellas, Eladio pedía ayuda.)

–Es una historia sobre Guañameñe, el vidente guanche que predijo la conquista –explicó Eladio–. Algo he oído de que lo tienen escondido por aquí, je, je. Es un regalo que hago a esas chicas para que me perdonen. Les encantan las leyendas. ¿Se la entregarás? ¿Lo harás por mí?

–Cuenta con ello.

Sonic llevaba una sudadera de entretiempo porque las noches todavía eran frescas en abril. Tuvo la tentación de quitársela y colocársela a Eladio sobre la chaqueta de lana, pero no debía dejar pistas de su visita, y se lo pensó mejor.

–Bueno, mañana por la tarde volverás a estar en el hogar de ancianos –dijo Sonic como despedida.

–No lo sé, tengo mis dudas –fue la respuesta de Eladio.

# UN ALFABETO

**Todavía tenía Marimbo** el móvil en la mano con la cámara activada, sin poder creer lo que acabábamos de ver, cuando sonó su WhatsApp:

**SONIC**
Cojan el coche y vayan a la sala de escape cuanto antes.    18:32 ✓✓

**MARIMBO**
Pero no has visto lo de Eladio???
            18:33 ✓✓

**SONIC**
Sí, de prisa ns vemos allí.    18:33 ✓✓

Tengan cuidado, x fvr.
🤍🤍🤍🤍            18:33 ✓✓

En ese mismo instante emprendimos el regreso hacia el mirador de El Lance, donde estaba aparcado el coche. Nos costó llegar sin Sonic, a veces confundíamos caminos, nos perdíamos. En cambio, arrancamos el coche a la primera porque era cuesta abajo.

–Arreando –dijo Marimbo pisando el acelerador a tope.

Cuando llegamos a la sala de escape vimos junto a la puerta cerrada a varias personas. Eran los libreros que apoyaban el complot.

Sonic apareció enseguida, bajando del coche que le había llevado hasta allí. Estaba sofocado, con la melena llena de hierbajos, pero vivo y requetevivo, menos mal, y Marimbo y yo nos miramos aliviadas.

–¿Qué está pasando? –quiso saber uno de los libreros, el que dos días antes había expulsado a Eladio de su tienda, vamos a llamarlo A–. Me han dicho que había problemas y que viniera aquí echando leches.

–Y a mí –intervino otro, vamos a llamarlo B.

–¿Nos han mandado a todos el mismo whatsapp? –dijo una señora, vamos a llamarla S.

–Sí. He sido yo. Desde mi móvil privado, por eso no han reconocido el número.

Todos miraron a Sonic. Se notaba que no era la primera vez que le veían.

–¿Qué sucede? –dijo A.

–Pues que he cambiado de idea. Desde esta mañana ya no formo parte del proyecto, y quería que lo supieran, por la relación que he tenido con ustedes.

–¿Y para eso nos has hecho venir hasta aquí? –intervino una chica joven, vamos a llamarla J.

–Creíamos que el proyecto a ti también te interesaba –dijo B.

–No, ya no. Lo he pensado mejor. Y ustedes también deberían replanteárselo.

–Ni hablar. Con lo que nos está costando que los chavales se olviden completamente de los libros –dijo J.

Ante eso, Marimbo no se contuvo.

–¿Estoy oyendo que vosotros, los libreros, apoyáis el final de los libros? No me lo puedo creer.

–¿De dónde ha salido esta niña? –preguntó S–. A ver, guapa, lo digital es mucho más rentable. Y para que todo lo que se consuma sea digital, hay que acabar con el papel.

–Pero eso es un crimen –dijo Marimbo–. Pueden coexistir los dos formatos. Lo uno no debe acabar con lo otro, lo mismo que la televisión no acabó con el cine ni con la radio.

–Porque tú lo digas –siguió S–. ¿Quieres saber cuántas salas de cine han cerrado en los últimos años? Dime cuántas veces van, por ejemplo, los enganchados a series.

–O los adictos a los videojuegos, que crecen como una plaga –añadió A.

–Y menos mal que crecen porque hoy en día es lo único que da dinero. Los libros tienen un beneficio irrisorio. –Ahora hablaba un quinto elemento, vamos a llamarlo E.

–También hay librerías que han caído en bancarrota –dijo tristemente B.

–Y muchas más las seguirán si el librero no se reinventa –añadió otro, F, por ejemplo–. Las tiendas que hasta hoy han vivido solo de los libros están a punto de morir. Y nosotros no queremos desaparecer. Tenemos familia, una hipoteca... Necesitamos apoyar el proyecto del señor Sholen para salir adelante.

–Pero ¿y los libros que llenaban vuestras estanterías? ¿Adónde han ido a parar? –dijo Marimbo.

–Eso a ti no te importa, rica –le soltó S.

Sonic intervino.

–El señor Sholen se los ha cambiado por productos digitales muy muy baratos. Pero piensen –prosiguió dirigiéndose ahora a los libreros– en lo que subirá los precios cuando ya no tengan libros que entregarle.

–¡Hombre! –exclamó E–. Yo eso ya lo había considerado.

–No estarás hablando de chantaje... –dijo A.

Y empezó un murmullo colectivo de opiniones.

Sonic entonces levantó la mano para que le escucharan y preguntó si alguien de los allí presentes sabía quién era el señor Sholen.

–Naturalmente. Es nuestro guía en el proyecto, además de nuestro proveedor –respondió A.

–Así es –dijo Sonic–. Y es un proveedor muy competitivo, por eso le compran el género a él. Pero nadie conoce su cara, ni su voz, ni el lugar donde trabaja...

Los libreros se miraron unos a otros, extrañados.

–Eso es cierto –dijo uno de ellos.

–Sí, como si fuera un proveedor virtual –añadió otro.

–¿Y no les gustaría conocerle? –preguntó Sonic–. Básicamente porque todo esto es muy raro.

Hubo un silencio.

–¡Sí! –dijo de pronto J–. Queremos conocerle. Queremos oír su voz. Ya vale de negociar con intermediarios.

–O lo que es peor –añadió S–, con una máquina.

–Cierto –dijo E–. Tenemos mucha curiosidad. Esto parece una empresa fantasma.

–Exacto. Y por eso los he convocado. El señor Sholen está ahí dentro. –Sonic señaló la puerta de garaje cerrada.

Las exclamaciones no se hicieron esperar.

–¿Dónde?

–¿Ahí?

–¿En una sala de escape?

Los libreros se acercaron y empezaron a llamar con los nudillos. Primero suavemente, un poco más fuerte después, y el aporreo de la puerta en ese lugar tan silencioso caía en nuestros oídos como la sirena de una ambulancia en plena noche. Mientras, Sonic se juntó a nosotras y puso voz y cara de confidencia. Tenía una preocupación. Todo lo que acabábamos de ver formaba parte de un plan trazado por él como quien dice a última hora, y le daba miedo que Néstor y Calamidad lo estropearan.

–¿Estarán tramando algo? Me extraña tanto no verlos por aquí...

–¿Se habrán quedado en los barrancos? –dije yo.

–Lo dudo. Es casi de noche.

Entonces Marimbo torció la boca y movió una ceja, solo una, como cuando tiene una idea ingeniosa.

–Mirad; no sé jugar al ajedrez, pero sí sé que es el juego de la vida –me miró, creo que un poco avergonzada–. Tercera lección: el rey.

–Anda, Marimbo... –protesté yo–. ¿Ahora nos sales con esas?

Pero Sonic la miraba como si fuera la mismísima Gioconda. Ella ignoró mi comentario.

–El rey es la pieza más importante, si él cae, despídete de la partida. Pero tiene los movimientos muy limitados, solo puede desplazarse una casilla cada vez. Por eso las otras piezas lo protegen.

–¿Qué quieres decir? –preguntó Sonic.

–El señor Sholen es torpe, se mueve poco y con dificultad, como el rey, lo hemos comprobado, ¿no? Y ahora mirad hacia el fondo. Allí. La acabo de ver.

Miramos rápidamente. Tras la tapia que Marimbo señalaba asomaba el brillo metálico del manillar de la moto de Calamidad. Sonic cazó el mensaje al vuelo.

–¡Muchacha! Está claro como el agua. Si ahí dentro está el rey, junto a él se encontrarán las piezas que lo protegen. ¿Sí?

–Me apostaría las orejas a que sí.

Entonces Sonic se abrió paso entre los libreros, que más que llamar, ahora sacudían la puerta, y desbloqueando una apertura manual de emergencia que estaba camuflada la abrió con facilidad, como si ya hubiera hecho eso mismo montones de veces.

–Espérenme aquí –dijo antes de entrar–; no quiero que corran peligro. En cuanto encuentre al señor Sholen los aviso.

Marimbo y yo íbamos a seguirle, pero dijo que ni hablar, que a saber con qué se encontraría ahí dentro teniendo en cuenta el estado en que habíamos dejado al señor Sholen en nuestra última visita, y opinó que era mejor que nos quedáramos fuera.

–Yo, vanguardia; ustedes, retaguardia –dijo antes de entrar, y le plantó un beso en la punta de la nariz a Marimbo y a mí me revolvió el flequillo.

Reconozco que la voz de Perro Peligroso quiso intervenir, pero yo ya confiaba tanto en Sonic que era demasiado tarde para que la escuchara.

# LO QUE ENCONTRAMOS DENTRO

**Pero como para quedarse** fuera estaba Marimbo. Me cogió de la mano y me dijo que ya nos habíamos perdido bastantes cosas. Los libreros habían hecho corrillos y comentaban acalorados los pormenores del asunto, se quitaban la palabra, tomaban decisiones, algunos fumaban. Ni nos miraron. Nada más entrar notamos el olor a humo que había dejado el carricoche chamuscado. Y voces, también oímos voces. Marimbo tiró de mi mano, lo que quería decir: «Hacia allá». Andábamos con sigilo, esquivando casi a tientas los bultos del decorado que se desperdigaban por el suelo como cadáveres en un campo de batalla. Las voces eran de Sonic, de Calamidad y de un tercer chico, que sería Néstor. Como los policías, los villanos nunca trabajaban solos, recordé que había dicho Sonic. Aunque discutían, todavía no gritaban. A Néstor y a Calamidad no les parecía bien el cambio de bando de Sonic y le echaban en cara que se había dejado convencer como un panoli por las chachas.

–No sé qué les has visto, tronco. La mayor parece una jipi –oímos decir a Calamidad.

–¿Las chachas somos nosotras? –le susurré a Marimbo.

–Chisss… –me contestó, pero me apretó la mano, y yo lo traduje como: «Sí, eso es, las chachas somos nosotras».

Sonic nos defendió. Que las chicas no habían intervenido. Que lo que pasaba era que había descubierto cosas que antes no sabía y con las que no estaba de acuerdo. Y que cuidadito con los libreros, que se estaban empezando a cabrear.

–Están fuera, en la calle. Quieren hablar con el señor Sholen –dijo Sonic.

–Va a ser difícil –dijo Néstor–, porque no está.

–¿Seguro? Yo lo vi hace un rato aquí.

–Lo sé, pero ahora no está –zanjó Calamidad–. No son horas de trabajar, se ha cerrado el chiringuito.

Y yo pensé: «Pero será mentiroso…». Porque no podían engañarnos; sabíamos que el señor Sholen estaba ahí por el simple hecho de que Néstor y Calamidad habían venido a protegerle. A salvaguardar al rey, según las palabras de Marimbo.

–¿Y Eladio? ¿Tampoco está? No lo veo por aquí... –oímos decir a Sonic.

Flotaba una sensación de peligro, yo la notaba porque se me había llenado la cabeza de la palabra «tachán», y hasta me parecía oír la música de alguna película de suspense. De pronto pensé que tener esa palabra en la cabeza, justo esa y no otra, solo podía significar que algo importante estaba a punto de pasar, aunque no sabía si sería bueno o malo.

–No me vengas con esas –dijo Calamidad. La conversación subía de tono–. Esta tarde tenía que regresar al hogar de ancianos, lo sabes de sobra.

Tachán...

Néstor aumentó todavía más la gran mentira.

–Quiso hacerlo por su cuenta, en un taxi. La moto y él no se llevan bien.

–¿Sin zapatillas? –acusó Sonic.

Tachán...

–Eh, eh, que estas son mías. Ya sé que son iguales, las tiene todo quisqui, estaban de oferta en el Decathlon –soltó de carrerilla.

–Tranquilo, tío; no he dicho que no fueran tuyas. No lo he dicho, ¿verdad?

—¿A... adónde quieres llegar? —tartamudeó Calamidad con una tos.

—Supongan que Eladio denuncia que no estuvo en Santa Cruz —dijo Sonic.

—Nadie le creerá, está bastante averiado del coco —dijo Néstor.

—No, no lo está, y además hay pruebas; no hubo ningún congreso ni está registrado en ningún hotel de la ciudad. A poco que investiguen, se nos cae el pelo.

—¿Y para qué estás tú en el hogar de ancianos más que para impedirlo? Si no puedes ni controlar que un viejo hable, que te salgas del proyecto es lo mejor que nos podía pasar.

—No va a hacer falta que controle nada. Eladio no va a hablar. ¡No puede! Por eso se deshicieron de él, admítanlo, para taparle la boca.

Tachán...

—¿De qué hablas, capullo? Ya me estás hartando. —Calamidad no paraba de toser. Nos lo imaginábamos atosigado, con la cara de color pimiento.

—¡Desde que vino aquí ustedes sabían que había que «borrarlo» —¡hala! Sonic hablaba como un mafioso—, y descubrir eso hizo que yo me saliera del proyecto!

—¡Para, tío, para! Nosotros no le tocamos, se tiró él solito —confesó Néstor ante la evidencia.

–¡Hay muchas maneras de eliminar estorbos sin ensuciarse las manos! –dijo Sonic–. Nunca habría esperado eso de ustedes. ¡Los desprecio!

Entonces oímos un ruido seco y un jadeo. Pudo ser un cabezazo contra la pared o un puñetazo propinado con bastante fuerza. Marimbo y yo nos apretamos la mano hasta que nos crujieron los nudillos: se estaban peleando en un enfrentamiento físico, no virtual. Y Sonic tenía las de perder. Así que salimos afuera a pedir ayuda a los libreros. Y menos mal, porque de no intervenir, al pobre Sonic le habrían triturado. Los libreros entraron y los separaron, no daban crédito. ¿Qué mosca les había picado? Antes tan amigos y ahora por el suelo, enganchados como pandilleros de bandas rivales. Fue entonces cuando empezaron a sospechar que algo no iba bien, que lo que estaba sucediendo era más que raro. Sonic tenía el labio de arriba hinchado y sangraba por la nariz, una nadería al fin y al cabo si se comparaba con lo que le acababa de pasar a Eladio. Porque eso sí que era grave, no me lo quitaba de la cabeza,

CALAMIDAD

y además sentía que habíamos traicionado al pobre anciano por habernos saltado con las prisas el momento de duelo por su muerte como quien se salta en una novela los capítulos que no interesan.

Pero ahora no tocaba llorar a Eladio, sino buscar al señor Sholen. Así que envalentonado por la presencia de los libreros, Sonic dijo a Calamidad que de ahí no se marchaban sin verle.

–Eso –apoyó J–. Somos clientes, merecemos un respeto. *Exigimos* un respeto o si no, nos largamos a la competencia.

Un murmullo de aprobación siguió a las palabras de J. Calamidad tenía la capucha puesta y la cara blandurria y deslucida, como de puré. Parecía acorralado.

–Ya le hemos dicho a este –dijo señalando a Sonic– que el señor Sholen no está. Pero adelante, búsquenle si eso es lo que quieren. –Estiró un brazo–. Su despacho está por ahí.

Al despacho, como lo había llamado Calamidad, se llegaba atravesando unos pasillos. Era reconocible de lejos por su puerta enorme, necesaria para que entrara y saliera el fantoche. Pero estaba cerrada, y aunque llamamos varias veces, no se abrió. Entonces los libreros, enfurecidos y hartos, empezaron a despotricar. De Sonic, del señor Sholen, de sus compinches, del lugar tan extraño en el que estaban, de la tarde perdida para nada, y era una disputa a lo loco en la que todos hablaban sin escucharse. Solo Sonic no participaba, estaba a otra cosa: concentrado en su móvil y en el WhatsApp.

Entonces la puerta se abrió lentamente y todas las voces callaron y todos los ojos miraron a la mujer que ahora teníamos delante. Era bajita y un poco rechoncha, tan bonita y agradable como la madre de cualquiera, con un delantal impecable y un plumero de esos que están hechos con plumas de faisán.

–¿Qué desean? –dijo acercándose.

Cojeaba un poco y al abrir la boca para hablar vi que le faltaba un diente.

Explicó que era la encargada de limpiar el laboratorio (ella lo llamó laboratorio) cuando el señor Sholen acababa la jornada, pero que ya que estábamos ahí podíamos echar un vistazo.

–Pero no entren ni toquen nada, por favor, todo lo que hay es muy delicado, y yo no tengo permiso de mi jefe para dejar pasar a nadie.

Así que los libreros se asomaron en tropel estirando el cuello desde este lado del marco de la puerta. A mí, como era la más pequeña, me dejaron atrás, pero me agaché para poder mirar a través del bosque de piernas. El laboratorio era una sala cuadrada, más grande que las demás. El techo estaba muy alto, como dos Sonic, uno encima de otro, como poco. Como en toda la gruta, tampoco allí había mucha luz. Por lo demás, era un lugar de esos que hemos visto en la tele o en el cine mil veces, un centro de informática con ordenadores, impresoras, pantallas, equipos. Cubriendo las paredes había armarios cerrados y torres de estanterías abarrotadas de productos digitales y, a excepción de la mujer de la limpieza, allí no había nadie. Entonces ¿por qué seguía la palabra «tachán» dando vueltas sin parar en mi cabeza? Enseguida lo supe. Acababa de escuchar un toc toc entre borroso y lejano que me llamó la atención, y salí a gatas del revoltijo de piernas. Por el pasillo se acercaban tres personas, tres hombres en los que nadie reparaba, solo Sonic y Marimbo, y ahora yo. Dos de ellos ya venían

preparados con el puño en alto para saludar. Eran dos parapentistas vestidos con su ropa de volar. No los había visto en mi vida. Al tercer hombre en cambio, el que hacía toc toc con su bastón en el suelo, claro que le conocía: era Eladio.

# EL PODER DE UN LIBRO

**No tuve que hacer** un gran esfuerzo para imaginar la escena, siempre he creído en los prodigios: los parapentistas, avisados por Sonic vía chat, habían recogido a Eladio al vuelo cuando caía por el barranco. Qué tíos, no habían dejado que se les escapara ni el bastón. O a lo mejor fue el bastón el salvador de Eladio, la milagrosa añepa del valeroso mencey que contenía todos los poderes y la magia de la raza guanche. De esa forma sucedió y ahora Eladio estaba vivo y lo de saltarnos el mal rato por su muerte al final había sido premonitorio: para una no muerte, un no duelo.

—Así que tú sabías que no había muerto y te lo callaste —dijo Marimbo a Sonic entre enfadada y contenta.

–¿Reconoces ahora el tesoro que llevamos guardado en el bolsillo? –dijo Sonic haciendo pum-pum con el dedo en la pantalla de su móvil, y de nuevo mostró esa sonrisa de actor de cine que seguramente nos costaría bastante olvidar.

Eladio caminaba muy despacio con unas botas prestadas demasiado grandes. También la chaqueta de lana, dada de sí, ahora le quedaba enorme. Estaba aturdido, emocionado. Movía la boca como si mascara chicle. Aún no había dicho una palabra y le faltaban las gafas. Era doloroso verle, pero no podía apartar los ojos de él. Parecía tan cansado... Entonces me acerqué a él y me coloqué a su lado para que se apoyara, como hice con el abuelo cuando tuvo la pierna escayolada. Eladio se apoyó en mi hombro y me rozó la cara con un dedo. ¿Era eso una caricia? A lo mejor. Debió de notar la humedad de una lágrima porque sacó un pañuelo de su bolsillo y me lo dio.

Todo esto sucedía ante la indiferencia de los libreros, que se habían enredado en un nuevo cacareo sin fin. Cada vez desconfiaban más del proyecto. Tenían montones de preguntas, una serie kilométrica de dudas. En medio de ese corral cualquier locura podía pasar desapercibida. Hasta la fuga de Néstor y Calamidad, que para cuando nos dimos cuenta, ya no estaban. Pero Sonic dijo que se lo esperaba porque al ver a Eladio vivo se habrían hecho caca en los pantalones y habrían desaparecido.

–Solo que no irán muy lejos ni podrán escapar de lo que han hecho –dijo Marimbo poniéndose interesante–, mira, tengo pruebas. –Enseñó la grabación de su móvil–. ¿Entiendes ahora que *sí* reconozco el poder de estos cacharros?

Y terminó diciendo: «Pero de ahí a que dominen tu vida...», aunque eso solo se lo oí yo. O a lo mejor no lo dijo y únicamente me lo imaginé.

Mientras tanto Eladio se había recuperado un poco. Apoyándose en su bastón y en mi hombro, nos abrimos paso entre los libreros, entramos en el laboratorio como si nos hubieran invitado y nos acercamos a la mujer de la limpieza.

–¿Dónde están los *libros* secuestrados? –dijo con la voz un poco rota pero remarcando la palabra «libros».

La mujer tuvo como una especie de arcada, pero la controló.

–No sé... de qué... me habla, señor. Salgan; no pueden estar aquí.

Pero Eladio no se movió. Los libreros estaban a la escucha. Por alguna razón desconocida la figura del anciano ahora imponía respeto. A lo mejor porque la única bombilla encendida hacía que su sombra se proyectara muy grande, muy poderosa, mientras que la de la mujer, que tenía la bombilla justo encima, era enana, casi inexistente bajo la luz cenital.

–¿Alguien tiene un libro a mano? –preguntó Eladio a la gente.

–¡Yo! –dijo Marimbo sacando de su mochila el ejemplar de *Ajedrez básico*.

Nada más cogerlo, Eladio lo acercó a la cara de la mujer.

–Los libros, los libros... ¿Qué has hecho con los libros?

Y aquella mujer tan mona, tan como de felpa, puso de pronto una expresión maléfica: se le arrugó la cara, se le salieron los ojos, tosía como una fumadora empedernida. Retrocedió unos pasos, cojeando, tambaleándose, y el plumero se le cayó de las manos.

–No están aquí, cof, cof...

–¿Dónde están? –repetía Eladio amenazándola con el libro.

–Aparta, argh, aparta eso. No están. Se destruyeron. Pero ¿a ti qué te importa? ¡Eran míos y con lo mío hago lo que quiero!

–¡Sqrups! –escuché claramente a Marimbo.

Porque aquello era toda una revelación, el descubrimiento de que estábamos ante el terrible y gigante señor Sholen. Entonces me volvieron los superpoderes, esos que a veces me hacen ver cosas que nadie más percibe. Y como si de pronto las puertas de los armarios fueran transparentes, vi o imaginé lo que había dentro: una trituradora de papel para libros o un horno para incinerarlos o el traje de superhéroe abollado o el carricoche hecho trizas... Hasta que de tanto mirar encontré las gafas de Eladio sobre una repisa, y ser capaz de distinguirlas entre tantos cachivaches ya era en sí mismo un superpoder del que yo podía sentirme satisfecha. Me acerqué y las cogí sin pedir permiso porque la señora que era el señor Sholen ya no me daba ningún miedo.

–Fantástico, vuelvo a ser yo –dijo Eladio, que parecía haber rejuvenecido veinte años en cuanto se las puso. Se dirigió a la mujer y la examinó un momento con sus nuevos ojos a pleno rendimiento–. Encantado de conocerte sin el disfraz, señor Sholen. Siempre supe que exagerabas.

Y por parte de Eladio ese fue el final de la conversación. La había desenmascarado ante los libreros, y el desenmascarador que desenmascara, buen desenmascarador será, o algo parecido dice el trabalenguas. Entonces los libreros entraron al laboratorio y empezaron a rodear a la mujer, a acorralarla, a exigirle explicaciones por sus mentiras, y la mujer, sola y sin el traje de protección, se iba achicando y achicando, hasta que dejamos de verla, sepultada entre la masa humana de libreros. Mientras, nosotros cuatro y los dos parapentistas nos marchamos.

Era de noche. Una gran luna se reflejaba en el mar y dejaba un reguero como de confeti. Aproveché ese momento para preguntar en voz alta mi gran duda:

–¿Por qué odiará tanto el señor Sholen los libros para niños?

Me parecía tan raro… Un imposible, como que a alguien no le gusten las patatas fritas o la pizza.

–Básicamente por ambición, ya lo han visto –dijo Sonic–. Cuando no haya ningún libro, todo lo que se consuma por fuerza será digital. Y ahí entran ella y su negocio. Aunque creo que se le ha ido la cabeza a tomar viento con este asunto. Pero bueno, allá ella, que se entienda ahora con los libreros.

Marimbo dijo:

–No será solo ambición. Tiene que haber algo más. Un trauma o algo. Me apuesto las orejas a que nadie en su vida le ha contado un cuento.

Eladio apoyó las palabras de Marimbo. Pero a Sonic, yo me fijé, se le había entristecido la mirada.

# LO QUE NO PUDIMOS VER

**Jo, teníamos un hambre** canina y entonces Eladio dijo que nos invitaba a todos a cenar si Sonic le hacía un pequeño préstamo que le devolvería al día siguiente.

–Y siempre y cuando inventes una excusa para el hogar de ancianos, muchacho –le dijo–. No tengo permiso para llegar tan tarde.

–Lo sé, ya lo había pensado. Voy a telefonear ahora mismo. Diré que te he recogido yo mismo en Santa Cruz y que hasta que lleguemos, respondo por ti.

Los parapentistas no se quedaron. Había sido un día intenso, y ni siquiera les había dado tiempo a cambiarse de ropa.

–Además, ustedes tendrán muchas cosas que contarse –dijeron delante de su furgoneta al despedirse de nosotros con los puños.

\* \* \*

Pues sí, muchas cosas. Todas las que Eladio quisiera revelarnos sobre su cautiverio, sobre un tiempo que no pudimos ver. Y puesto que la idea de meter esas cosas en capítulos anteriores a modo de *flashback* ha sido mía, lo normal es que ahora también sea yo la que tome el relevo a la Enana empleando lo que en escritura creativa se llama resumen.

Sentados a la mesa de la primera casa de comidas que encontramos, fuimos degustando la conversación a la vez que saboreábamos la comida, que, por cierto, era típica de las Canarias. Eladio lo soltó todo. Con la llegada del primer plato, una pasta amarilla llamada gofio, empezó por el principio, por la aparición de Néstor y Calamidad en el hogar de ancianos. De primeras se tragó lo del congreso, pero en cuanto reconoció a Calamidad por la mochila y por la tos, sobre todo por la tos, le asaltaron las sospechas, y por si acaso decidió avisarnos a nosotras, las únicas personas en el mundo a las que había hablado del complot.

–Por eso escribí la primera leyenda y firmé con el nombre de la sala de escape esa. Como pista no era gran cosa, de acuerdo, pero no dudaba de que tirarían del hilo en cuanto la recibieran. Achamán no podía equivocarse, si las eligió a ustedes sería por algo.

Al oír el nombre de Achamán, y sin parar de untar los cachos de cebolla en el gofio, Sonic puso cara incrédula.

Cuando sirvieron el queso caliente con mojo, Eladio prosiguió contando el viaje en la diabólica moto. Le pusieron un casco que le apretaba, y le cambiaron sus gafas de ver por unas de motorista. Eso fue un golpe bajo, Eladio no distinguía ni las letras de los carteles.

—No soy nada sin mis gafas —dijo rascándose la cicatriz—. Bueno, *casi* nada.

Seguía hablando cuando nos trajeron la fuente de papas arrugadas y la olla de ropa vieja, mientras llenaba servicial nuestros platos de comida y el relato de anécdotas. Contó el encierro en la sala de escape: la oscuridad, el frío, la soledad. A menudo escuchaba las conversaciones de Néstor y Calamidad, que eran bastante descuidados, y por ellos supo que aquel lugar imitaba una cueva guanche. Contó el encuentro con el ridículo personaje que era el señor Sholen, y la discusión un poco subida de tono que mantuvieron.

—Enseguida noté que el machango ese era alérgico a los libros, y ese fue el recurso que utilicé hace un rato para desenmascararle. ¿Qué, les parece increíble? Lo mismo que a mí, pero bueno, cosas más raras se han visto. Y podría enumerarles unas cuantas.

Así que Eladio, convencido ya de que había caído en manos enemigas y convencido también de que no podía enfrentarse a ellos ni tampoco huir, escribió la segunda leyenda, la de los tibicenas, para confirmarnos que estaba prisionero en una sala de escape que hacía de tapadera del complot. Luego planeó la expedición en busca de un sitio adecuado para esconder esa leyenda y el colgante. No es que fuera pan comido, al revés, merodear a su aire por la cueva tenía gran peligro, pero, inexplicablemente, salió bien. Como pudo comprobar más tarde, sus captores formaban un equipo bastante chapucero.

—Pensaron que sin gafas y a mi edad estaría acabado, y en gran medida lo estaba, pero no tanto como creyeron. No sabían que puedo moverme en la oscuridad como un búho, je, je, y además… tenía esto —dijo señalando la añepa—. Y también a Bencomo, el venerado Rey Grande, para infundirme valor.

–¡Ños! ¿Bencomo? –dijo Sonic con evidente cara de sorpresa. Pero Eladio no le oyó o hizo como que no le oía.

–Más tarde, aguzando el oído, que todavía me funciona bien, escuché a esos tunantes hablar de dos chicas con las que habían tenido una trifulca en la sala de escape. Solo podían ser ustedes, m'hijitas, quiénes si no. Así supe que andaban tras mi rastro, y me animé.

Mientras dábamos buena cuenta del pescado contó la visita inesperada de Sonic. Enseguida supo que estaba metido en el complot, y lo sintió, porque le aprecia. Sin embargo, su instinto le decía que a pesar de eso no era mal chico, y su instinto, reconoció Eladio, pocas veces le engañaba.

–A todo esto, hijo, ¿las chicas lo sabían?

–¿Saber qué?

–Que eras uno de ellos.

Sonic se movía incómodo, como si llevara una piedra en el zapato.

–Eeeh…, no; aún no.

–No me digas que entonces no les diste la leyenda en la que las avisaba del peligro que corría… Me prometiste que…

–Por supuesto que se la di –se apresuró a decir Sonic–. Me acerqué muy de mañana a la residencia de estudiantes y metí el papel por debajo de la puerta de su cuarto sin que me vieran.

–¡Marea! ¡La tercera leyenda! El eslabón perdido que faltaba –dije yo dándole un manotazo en el brazo–. Qué callado te lo tenías. Siga, siga, Eladio, que esto se pone interesante.

Con el postre, un flan delicioso al que llamaron frangollo, abordó el tema de su muerte. Desde el principio Eladio había decidido no colaborar con el señor Sholen. De ningún modo aportaría su sabiduría a un proyecto que rechazaba y destruía los libros. Sabía que eso enfadaría mucho al fantoche, lo cual era peligroso, sobre todo porque ahora él sabía demasiado.

–¿Tomarán café? –preguntó la camarera de la casa de comidas acercándose a nuestra mesa.

Todos quisimos, menos la Enana, que prefirió repetir postre. Eladio continuó la narración.

La oscuridad de su encierro y el tiempo que llevaba dentro hacían que estuviera un poco desorientado, pero supuso que sería la mañana del segundo día, 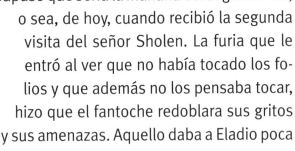 o sea, de hoy, cuando recibió la segunda visita del señor Sholen. La furia que le entró al ver que no había tocado los folios y que además no los pensaba tocar, hizo que el fantoche redoblara sus gritos y sus amenazas. Aquello daba a Eladio poca esperanza de vida. Cuando al cabo de un rato Calamidad le llevó un bocadillo, supo con certeza que estaba ante su última comida. Moriría, claro que sí, y además sabía cómo. Entonces escribió la cuarta leyenda anunciando su final, y tras una nueva correría la camufló en la sala de escape antes de que fuera demasiado tarde.

Creo que esa fue la parte más terrible del relato. Sin dramatizar, como si hablara de la odisea de otro, contó el recorrido desde el mirador de El Lance, adonde le llevaron en la moto, hasta el barranco final, a pie, por esos senderos peligrosos y empinados que nosotros habíamos recorrido al borde del colapso. Entonces la Enana le preguntó si tuvo miedo.

—No, no lo tuve —respondió—. Soy demasiado viejo para eso. Pensé que simplemente había llegado mi hora, el fin de la leyenda de mi vida, que, como todos los finales de todas las leyendas de todas las vidas, acaba mal: el protagonista muere.

—Pero no le empujaron —dije yo—, se tiró, nosotras lo vimos.

—Así es, no me tocaron, no lo habría consentido. En mi situación, era la opción más honrosa, no olviden que soy un guanche. Ah, pero esos hombres pájaro amigos tuyos —dijo mirando a Sonic— me salvaron, nunca lo olvidaré. Y ahora, muchacho, es tu turno: ¿no tienes nada que contarnos?

# SONIC CONTRA SONIC

—**Sí, la verdad es** que les debo una explicación –dijo Sonic nada más subir al coche.

Pues venga. Estábamos impacientes. Desde que en el restaurante nos había dicho que «lueguito» nos contaba sus razones para entrar en el complot, y después para abandonarlo, yo ya no pensaba en otra cosa.

—A ver, que tampoco hay tanto que contar, pero bueno, empiezo por la infancia. Soy hijo único y vengo al mundo en una familia de *gamers*. Padre *gamer*, madre *gamer*. ¿Vale? Aprendo a manejar una Nintendo antes que a hablar. Mis padres tenían un pequeño negocio de máquinas recreativas que estaba abierto a todas horas. Aparte de la explotación de los juegos, vendían refrescos, cerveza sin alcohol, chapas, camisetas con dibujos de superhéroes, llaveros y toda clase de chucherías. Eladio, igual tú lo conociste, se llamaba Fanson, escrito Fun Zone –no, Eladio no lo conocía–, pero cerró, mis padres se trasladaron hace poco a Santa Cruz. Bueno, a lo que iba; yo crezco allí, en el Fun Zone, entre *pinballs*, comecocos y juegos manga. Mis padres se matan a trabajar para que a mí no me falte de nada. Y sí, la verdad es que tuve de todo: la última PlayStation, el último videojuego, una tele de cuarenta y nueve pulgadas para la consola... Mis amigos me envidiaban. Me compraron mi primer móvil... ¿con cinco, con seis años?, y he manejado un ordenador desde siempre. El futuro. El progreso, decían mis padres, lo mejor que podían hacer para que yo fuera el chico más avanzado de mi generación. Ni sé la pasta que se habrán gastado. Sigo: a Néstor y a Calamidad los conozco el año pasado a través de un chat y nos hacemos colegas enseguida. Colegas virtuales, je, je, la versión moderna de la amistad. Un día me enseñan un billete de quinientos euros, el primero que veo en mi vida, y me dicen que van a conseguir muchos más. ¿Cómo es eso?, les pregunto, y me cuentan que andan en un trabajo que puede interesarme si yo también quiero ganar pasta fácilmente. ¡Dale!, claro que me interesa, les digo, pero tengo que ser muy discreto, me dicen, eso está hecho, les contesto yo, y entonces me citan en la sala de escape y me presentan al señor Sholen, así, con el disfraz, hasta esta tarde yo jamás le había visto la cara, y el jefe me dice en qué consiste el trabajo: hacer de intermediario entre él y los libreros en un negocio muy pero que muy lucrativo. ¿Y qué negocio es ese?, le pregunto. Y me contesta básicamente lo que ustedes ya saben: lo de retirar los libros juveniles de las estanterías para hacer sitio al producto digital que distribuiríamos nosotros. Empezaríamos por Tenerife, seguiríamos por el resto de las islas, la península después... Me pareció un proyecto ambicioso y algo raro, cierto, pero el tío, bueno, la tía va y me ofrece, aparte de billetes de quinientos euros, poner a mi servicio su laboratorio para que yo aprenda toda la informática que quiera. Eso me acaba de convencer, ya saben que mi sueño es aportar mi grano de arena al desarrollo de la futura tecnología 10G. Ni siquiera tenía que dejar el curro en el hogar de ancianos, podía compaginar ambas cosas. Pero antes de aceptar tengo que jurar por mi vida que no hablaré de este asunto con NADIE (lo recalcó bien), básicamente por el robo de ideas y esas cosas, y porque (eso lo pensé yo) sería una empresa que todavía no estaría dada de alta en la Seguridad Social. Dinero negro, pero a mí qué más me daba. Entonces le digo que vale, que a *full*. Pero enseguida veo que lo único que cumple es la entrega de algún billete de quinientos euros. De lo otro, nada de nada, su lugar de trabajo es secreto y la entrada está prohibida. Que más adelante, me dice siempre que protesto. Luego va y me propone que «invitemos» a Eladio a pasar dos días en su guarida, vale, acepto porque me asegura que lo tratarán bien y que no correrá ningún peligro, que en cuanto cuente sus leyendas lo devuelven al hogar de ancianos y tan amigos. Aquí empiezo a sospechar que quizá haya cosas que no me cuentan. Me da por pensar que a lo mejor me ofrecieron el trabajo cuando se enteraron de que yo era cuidador de Eladio, creo que le tenían echado el ojo desde hacía tiempo. Reconoce, Eladio, que con lo que sabes de los guanches más la lata que has dado en las librerías, te lo habías buscado en cierto modo. El caso es que decido seguir en el proyecto. Luego, ya saben lo que sucede. Por ustedes, chicas, fui descubriendo secretos, cosas oscuras que ignoraba, y el proyecto dejó de gustarme porque no me parecía limpio, vamos, que no lo veía. Después de visitar a Eladio en su encierro y ver que estaba bastante peor de lo que yo pensaba, tomé la decisión de dejarlo. Pero eso sí, yo nunca imaginé que fueran capaces de hacerle daño, en ningún caso, jamás. Cuando comprendí por ustedes y por la leyenda el final que le esperaba... pues eso, lo que ya saben. Y no hay más nada que contar.

Sonic había soltado el discurso de carrerilla, como sin puntos ni comas ni signos de interrogación, y antes de que pudiera tomar aire Marimbo le sacó el tema del dardo envenenado, pero se hizo el loco. A lo mejor él también sospechó que nuestra versión era cierta y quiso proteger a sus entonces todavía colegas y a sí mismo de paso. O tal vez tuviera razón y el veneno solo estaba en nuestra fantasía, aunque eso nunca llegaríamos a saberlo.

–De todas formas, hay algo en la historia esa que has contado que no cuadra –dijo Marimbo.

Yo había pensado lo mismo.

–Sí. Mientras lo contabas no parecías tú, sino otra persona –añadí.

–Como si hubiera algo que te callas, algo que escondes bajo esa imagen de niño feliz –insistió mi hermana.

Sonic no contestó. De pronto tenía cara de palo y ojos cansados, como de sueño, yo le veía por el espejo retrovisor, y durante un momento respetamos su silencio. Todavía se veía el mar bajo la luna, tan negro y brillante que parecía de cuero, o de charol, pero luego se dejó de ver y la carretera, sin coches, era como un pasillo oscuro y largo.

–Les he contado la verdad –dijo al fin carraspeando.

–Nadie ha dicho que mintieras –dijo Marimbo.

–Pero... –siguió– es cierto que he ocultado alguna cosa. Ocultar no es mentir, ¿no?

–No. Digo sí. Digo no sé –dijo Marimbo impaciente.

Eladio intervino.

–Ocultar es humano, todos tenemos derecho a nuestra intimidad. No sufras por eso, muchacho.

–Pero es que una vez que he empezado, creo que quiero contarlo, *necesito* contarlo. Es sobre mis padres, lo llevo aquí clavado –se tocó el corazón–, y me parece que ya es hora de sacarlo.

–Si estás seguro de que eso es lo que deseas, adelante, te escuchamos.

SONIC

Y se abrió a nosotros mientras el coche rodaba por la carretera. Y fue tan triste su relato que por un momento pensamos que pararía en una cuneta y se echaría a llorar. Resumiendo: que sus padres le dieron todo lo que se compra con dinero, pero nada de tiempo juntos, de jugar, de hablar con él, de preocuparse por sus cosas, y llenarle de maquinitas fue la manera de quitárselo de encima. Pero para lavar su conciencia le decían que era por el exceso de trabajo, y solo ahora, de mayor, Sonic había sido capaz de reconocer el abandono.

–¿Saben? Tampoco a mí nunca nadie me contó un cuento. Ni uno. Jamás, y yo crecí creyendo que no los necesitaba.

Nos quedamos sin habla por un momento. Eso nos parecía tan imposible como mover las orejas o estornudar con los ojos abiertos.

–No existe el niño que no necesite un cuento, no lo hay, no, señor –dijo al fin Marimbo negando con la cabeza.

–Hasta mi nombre está sacado de un personaje de videojuego porque mis padres se conocieron jugando a *Sonic el erizo*. ¿Qué es, gracioso o deprimente?

Eladio dijo:

–Es sencillamente espantoso.

\* \* \*

196

Ya en la residencia y metidas en la cama, Marimbo y yo no podíamos dejar de pensar en ello.

–Pobre Sonic –dije yo–, es feliz e infeliz.

–Sí, eso parece. Tiene un conflicto personal, una guerra.

–¿Contra quién?

–Contra sí mismo, claro. Sonic contra Sonic.

Uy, qué lío.

–¿Como ser o no ser? –pregunté yo.

–Más o menos.

–Pues a ver quién vence.

Estas reflexiones nos hacíamos mientras entre bostezos Marimbo y yo nos despedíamos del largo, largo... lar... go... día...

# AL DÍA SIGUIENTE, SÁBADO

**Era nuestro último** día en la isla, quién sabe si volveríamos alguna vez, así que lo dedicaríamos a hacer turismo, a conocer por fin la playa y a comprar el típico suvenir barato. Sonic nos llevaría en su coche. No tenía que trabajar ese día, pero habíamos quedado en el hogar de ancianos y así, de paso, nos despediríamos de Eladio. También tendríamos que decirle adiós a Sonic muy pronto, y yo me preguntaba un poco triste si le volveríamos a ver. Bueno, nos llevaríamos su recuerdo, las fotos que nos hicimos juntos...

–Y su número de móvil –dijo Marimbo triunfante y misteriosa–. Estaremos en contacto. No será la última vez que nos veamos.

Porque, según dijo, a partir del verano nuestra ciudad y Tenerife quedarían conectadas por los vuelos directos de una compañía *low cost*.

A las nueve en punto y antes de ir al hogar de ancianos, bajamos a desayunar. Peón Blanco y Torre Negra se acercaron con sus bandejas a nuestra mesa.

–¿Podemos sentarnos? –preguntaron.

–Claro –asintió Marimbo–, la mesa es de todos.

Se interesaron por su salud, le preguntaron qué tal estaba.

–¿Lo decís por lo de ayer? Olvidado, lo de ayer está olvidado –respondió–. Gracias.

Se habían puesto en modo camarada guay, así, de la noche a la mañana, pero como tampoco nosotras teníamos ganas de discutir, todos contentos. Nos contaron el torneo con detalle. Resulta que cuando acabó, los participantes hicieron un grupo de WhatsApp y necesitaban el teléfono de Marimbo para agregarla.

–Pues os agradezco el interés –dijo ella–, pero prefiero no pertenecer al grupo.

–¿Por qué no? –se extrañó Peón Blanco aplastando más todavía su aplastada nariz de boxeador.

–¿Y por qué sí? –dijo Marimbo.

–Pues... para hacer y mantener amigos, lo normal –dijo Torre Negra.

–Será difícil que volvamos a coincidir. Prefiero amigos que pueda ver y tocar, amigos de carne y hueso.

Peón Blanco y Torre Negra se lanzaron una mirada que valía más que mil palabras.

–No te lo tomes a mal, pero artista tenías que ser...

A las diez ya estábamos en el hogar de ancianos. Los chicos nos esperaban en el jardín. Sonic sin uniforme, con el pelo recogido en un moñito y una mochila a la espalda. Eladio se había afeitado, se había cambiado de ropa, llevaba zapatos de cordones. Nos sentamos en un banco y estuvimos hablando largamente. Por Sonic, que llevaba desde no sé qué hora conectado con los libreros, nos enteramos de cosas que hacían que el complot pareciera una película de suspense o de miedo: la sala de escape no solo era la tapadera de un negocio ilegal de videojuegos, sino también de una red de delincuencia informática que operaba a niveles superiores y para la que trabajaban el señor Sholen y sus esbirros. Todo entraba ahí: hackeos, piratería, ciberataques, robo de material... En fin, que ahora se enfrentaban a una investigación policial de lo más seria.

–Eso sí que ha sido un jaque mate –dijo Marimbo riendo.

–Sí, pero ¿y tú, Sonic? –me interesé yo–. También estabas en el complot. ¿Te detendrán?

–Espero que no. Yo solo hice de contacto con los libreros y poco más. No delinquí ni me metí en nada ilegal. Aunque, claro, nadie me librará de ir a declarar ni de que la poli me dé la tabarra durante un tiempo.

–Esperemos que no te involucren en el secuestro de Eladio –dijo Marimbo.

–¿Secuestro? ¿Qué secuestro? ¿Es que ha habido algún secuestro? –dijo teatreramente mirando al anciano, y se pasó la punta de los dedos por los labios de un lado a otro, dando a entender que la cremallera de su boca estaba cerrada.

Parece que era el momento de ir solucionando cosas y yo tenía todavía el colgante de Eladio en mi poder. Entonces pensé que ya era hora de devolvérselo. Pero no lo quiso, ni lo tocó, afirmando que ahora era mío.

–¿En serio? –dije yo.

–En serio –contestó–. Y no olvides que a partir de hoy esta es tu marca personal, tu firma, tu huella; y detrás de ella siempre estarás tú.

Se había puesto pensativo, o emocionado quizá, no lo sé, porque es difícil leer los sentimientos en la cara de un anciano. Entonces lo abracé porque era nuestro último momento juntos y no hacía falta ser adivina para saber que jamás le volveríamos a ver. Marimbo nos miraba y sonreía.

–Al final, Enana, lo vas a conseguir.

–¿El qué?

–Hacerte novelista. Tienes ya la historia, y ahora también la firma.

Claro, por qué no. Miré la pintadera. Me pareció un seudónimo hermoso y original. El símbolo de una escritora. Y por un momento me vi famosa, firmando ejemplares en librerías, en bibliotecas, en el Corte Inglés, dibujando la pintadera al final de una dedicatoria en la primera página de mi libro. Y me gustó esa visión. Pero todavía faltaba lo más fuerte. Eladio se levantó del banco y puso la añepa en las manos de Marimbo con la misma ceremonia que si fuera el mencey y Marimbo su sucesora. Dijo que no conocía a ninguna persona más digna que ella para tenerla. A mi hermana se le congeló la sonrisa. Se echó hacia atrás y retiró las manos como si al tocar el bastón cometiera sacrilegio.

–No. No. No. No puedo aceptarlo. Es demasiado. Además, es su bastón, Eladio, lo necesita para caminar.

–Hay miles de bastones a la venta, hoy mismo me compraré uno. Quiero que tengáis el recuerdo de este viejo guanche para «siempre». Es decir, para toda vuestra vida, porque siempre no existe, excepto en las leyendas y en los cuentos de hadas.

–Sí. Para siempre –repitió Marimbo, y su cara, que yo sí sabía leer, decía que estaba emocionada.

Así fue la despedida. Otro adiós definitivo que había que sumar al resto de los que yo guardaba con un poco de dolor: la despedida de algunos amigos de primaria cuando pasé al instituto, la de mis vecinos de la casa vieja cuando nos cambiamos de barrio, la del abuelo cuando murió. Uf, esa sí que la sentí, pero mamá me dijo que así era la vida, un recorrido lleno de holas y de adioses y que había que disfrutar de la presencia de los primeros y alegrarse con el recuerdo de los últimos. Emocionante, ¿no?

Bueno, pues finalmente el coche de Sonic había hecho pum, ya no arrancaba ni empujando, así que el plan B para ir a la playa era coger una guagua. Pues venga, dijimos un poco desilusionadas, porque lo de atacar una playa solitaria y perdida, sin coche, estaba descartado. Era sábado, Sábado Santo. El tiempo era magnífico y la estación de guaguas estaba abarrotada de gente que había tenido la misma idea que nosotros. Después de mirar los destinos y los horarios, la mejor opción era Puerto de la Cruz, la ciudad con hotelazos chulos y tiendas para turistas que habíamos visto a lo lejos desde el mirador de El Lance. Mientras Sonic hacía cola en la taquilla, una señora llena de bultos me dio con la sombrilla en la cara. Un chico que hacía el payaso me salpicó con Seven Up. Un crío pringado de helado ensució la mochila de Marimbo. Unos alemanes nos preguntaron en inglés si éramos francesas. Miré a mi hermana. Le había salido la vena en la frente, esa que se le hincha en las malas ocasiones, y yo sabía la razón: se acordaba de los días pasados junto a nuestros padres en la costa durante tantos veranos que era imposible contarlos. Días de sombrillas apelotonadas que tapaban la arena como una manta extendida. Días de crema solar a paladas para no quemarnos. Días de buscar, sin lograrlo, un horizonte vacío. Días de escuchar la música y la radio de los demás. Marimbo tenía un plano de Tenerife en la mano y se dejaba los ojos mirándolo. La isla era un triángulo casi perfecto. Sus tres lados coloreados en verde estaban llenos de nombres y símbolos y carreteras, y lo de dentro, mucho más vacío, era de color marrón. Y en el centro había un círculo mucho más oscuro todavía: el Teide, Echeide, la montaña de fuego que hizo que en la antigüedad Tenerife fuera conocida como la Isla del Infierno.

—Mira, Enana, ¿ves esto? —me dijo pasando el dedo con cuidado, como si de verdad desprendiera calor—, es el Teide y sus alrededores, que se llaman Las Cañadas. Según el plano, tiene muy buena pinta. Hay montones de rutas y paseos. Mira, aquí por ejemplo dice: «Singular paisaje lunar». ¿Qué opinas? Además, veríamos una flor única en el mundo entero, el tajinaste rojo, que para mayor suerte florece ahora, en primavera.

Yo ya estaba más que convencida del cambio de planes. Ahora solo nos faltaba convencer a Sonic.

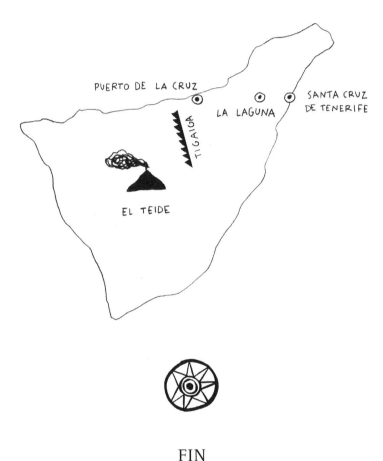

FIN

## Significado de las palabras guanches que aparecen en la obra

**AÑEPA**: Bastón de mando fabricado con maderas tan consistentes como la tea o la sabina que los reyes aborígenes, o menceyes, utilizaban para gobernar. También tuvo su importancia como arma.

**BAIFA**: Cabrito, cría de la cabra desde que nace hasta que deja de mamar.

**BANOT**: Arma de madera con punta de hierro del estilo de una lanza o jabalina.

**GÁNIGO**: Vaso o cazuela de barro cocido al sol.

**GUACHINCHE**: Establecimiento propio de Tenerife en el que se ofrece comida casera tradicional y vino de cosecha propia o de la zona.

**MENCEY**: Era el término con el que los guanches designaban al jefe o rey de una demarcación territorial, o menceyato, antes de la conquista de la isla de Tenerife por la corona de Castilla en el siglo xv.

**PINTADERA**: Objeto generalmente de madera utilizado por los aborígenes como sello. Cada pintadera imprimía un motivo geométrico diferente.

**TAGOROR**: Recinto de forma circular constituido por piedras donde se reunían los ancianos y los dirigentes guanches para llevar a cabo sus asambleas. El término se aplica también a la propia asamblea.

**TAMARCO**: Traje confeccionado en cuero y utilizado por los aborígenes canarios. Cruzaba un hombro y cubría la mitad de la espalda y el pecho.

# Índice

## Marisol Ortiz de Zárate

Mi partida de nacimiento asegura que nací en Vitoria, una mañana de abril de hace unos cuantos años. Aunque el colegio nunca me gustó demasiado, aprendía a leer allí y aprendí a amar los libros. Me convertí en una gran escuchadora de historias, que es lo que somos los lectores. Pero ese mundo se me quedó pequeño y un día decidí que quería ser, además, una contadora de historias, que es lo que somos los escritores.

Hay en mí cientos de historias, verdaderas algunas, la mayoría ficticias. Muchas no me han avisado todavía de que existen, pero existen, lo sé. Están ahí, esperando su turno. Para que afloren hago bonitos viajes por mi país o fuera de él. O no hago nada, simplemente me quedo viendo pasar la vida y pensando sobre qué me gustaría escribir.

Los escritores suelen poner en este apartado los títulos de sus libros pero yo prefiero que, si buscas alguno o te apetece conocer mi obra, visites mi página web:

www.marisolortidezarate.com

## Marina Suárez

Nací en Vitoria-Gasteiz en lo que ya podemos llamar el siglo pasado, aunque cuando escribo esto, aún soy joven. Desde la misma cuna, mi madre me transmitió que los cuentos son el alimento de la infancia y una herramienta imprescindible para llevar a cabo eso que llaman «crecer». Mi padre mago, por su parte, también colaboró en impulsar lo que ahora es mi vida y mi trabajo. Así, me fui haciendo mayor junto a libros, historias, dibujos y magia, por lo que no es de extrañar que de los muchos caminos a mi alcance, haya tomado el del arte.

Soy licenciada en Bellas Artes, máster en Práctica Escénica y Cultura Visual y cuando la danza, la magia, el teatro, la pintura y la escultura me dejan un ratito libre, ilustro, entre otras, las novelas que escribe mi madre, como esta que tienes en las manos.

Porque si la magia existe, desde luego está muy cerca de la literatura y el arte.

# Bambú Grandes lectores